漫娱图书
天 生 知 己 系 列

不要信命，
信你自己。

命定之选

『龙傲天』和我

顾郸·主编

长江出版社　漫娱图书

我跟一条蛇订立契约后

文/今渝

006

『龙傲天』和我一起重生八十一次

文/偃葵子

044

为质

文/十三把剑

084

目录

仙
师他只想飞升
文/写意良言
124

我
这凡人一不小心就成仙了
文/黄英
164

龙
『傲天』认错师父后
文/九先生
198

当时的他还没有想到，自己和萧亓绝的恩怨还远远没有结束。

我命由我不由天!

搞笑自恋唯我独尊"龙傲天"
×
风光霁月万人敬仰仙尊

怎么可能……这世间怎么可能会有比本尊更超然绝俗的人?!

我跟一条蛇订立契约后

我跟一条蛇订立契约后

文/今渝

绝世甜文小能手。微博@一只小卡卡ovo

传说，天道开辟飞升上界之路时，留下一灵器，唤为天道圣物。

得天道圣物者能悟机缘，是以修仙界各门派皆打听其下落，兜兜转转，最终锁定一人，便是八虚宗梧舟峰仙尊——崇絮。

[01]

一处深山幽谷，一块界碑屹立在一条羊肠小道前，界碑上篆刻着两个字：禁地。

有村夫牵着孩童经过此地，孩童指着界碑纳闷地发问："爷爷，这里为何会被叫作禁地呀？"

村夫答道："因为啊，所有进去的人没有一个能活着出来。"

这时，天边一道金光坠落，突破了那一层薄如蝉纱的结界，孩童见状，立马扯了扯村夫的衣袖："可是爷爷，刚刚有个人飞进去了！"

村夫立马如临大敌道:"完了完了,这人铁定活不成了!那禁地里面可是有一条比人腰身还要粗的蟒蛇……"

话音刚落,幽谷中就传来一道惨绝人寰的凄厉惨叫,直接让整座山谷都狠狠抖了三抖,鸟雀们扑棱着翅膀腾飞而起,盘旋上空。

村夫一脸"果然如此"的表情,忙拉着孩童远离这是非之地。

孩童却忍不住回头望向那条看不见尽头的丛林小道。

密林丛生,村夫口中那条令人生畏的巨蟒正被一男子轻轻松松地踩在脚底。男子身着一件墨绿暗纹衫,九旒冠冕上的玉珠随着他的动作轻微摆动,冕旒下藏着一双暗绿色的眼眸,他微微眯起眼睛道:"就凭你,也敢偷袭本尊?活腻了是吧?!"

脚下的蟒蛇:"呜呜。"

像是怕脏了自己的锦缎靴,男子抬脚就将蟒蛇踹开数米远,锋利的眉宇间染着不加掩饰的阴鸷。蟒蛇在被踹飞的那一瞬间迅速化为人形,背部撞到一根粗大的树干上,咳了一口血出来。

男子信步走到他面前,居高临下地看着他,蟒蛇君惴惴不安地低着头,敛住呼吸:"属下不知尊主降临……还以为是什么修士误闯……"

也不怪蟒蛇君如此紧张和畏惧,毕竟站在他眼前的正是四海八荒第一蛇尊,那位天赋异禀,堪堪百年就修成人形,不到一年便颠覆整个妖界,与妖界之王平分秋色的谪渊。

不过蛇尊神出鬼没的,也不常窝在他那蛇王谷,没想到今天跑到这儿来叫自己撞个正着,蟒蛇君简直苦不堪言。

"起来吧。"谪渊负手而立,神色淡淡。

蟒蛇君注意到谪渊手臂上的伤痕,连忙谄笑着献上一计:"尊主可是受了伤?属下知道此地有一处千年灵泉,可愈伤口,调气息。您看这儿枝繁叶茂,全赖这灵泉的滋养,只是……"

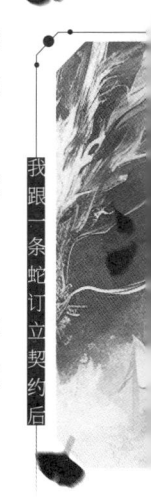

谪渊睨了蟒蛇君一眼："只是什么？"

蟒蛇君讪讪道："只是这灵泉外有结界……"

谪渊嗤笑一声："结界？就没有本尊破不了的结界。"

灵泉距离不远，抬脚几步路就到了。蟒蛇君领路至岔路口，并不打算跟随进去，谪渊也没有为难他。

四周云雾缭绕，谪渊前脚刚踏出一步，倏地踩到什么东西，他垂眸一看，竟是一块头骨。谪渊眉心一蹙，抬头放眼望去，只见缥缈的云雾散开些许，一条由无数尸骨堆起的小路映入眼前，仿佛在悄无声息地告诉他：胆敢踏入此地者死路一条。

他这会儿明白那蟒蛇君为何左顾右盼、不敢靠近了。

谪渊的半条腿已经迈入结界中，正当他思索之际，只见脚下裂开一道细缝，紧接着，薄如蝉翼的结界如星屑般缓缓破碎。

谪渊略有些诧异，但很快那抹诧异就被一股不可言状的情绪掩过，他皱着眉望向结界深处，因为他察觉到灵泉里面似乎有什么东西在呼唤他。谪渊神色不变地走上尸骨小道，旁边萦绕的云雾如同有灵性般纷纷向两边退开。

灵泉寒潭边生长着一株银杏树，视线往下，谪渊的目光不由得一滞。

树干上侧卧着一人，肤色略有些苍白，青灰色的水墨长衫透迤在水潭中，黑色长发只用一根银杏枝条松垮地绾起，透着一股说不明的冷感。他丝毫没有察觉到谪渊的靠近，正闭眼酣睡着，安静得仿佛在这寒潭中沉睡了许久。

谪渊不禁上前一步，无意间踢到一个骷髅头，他试图伸手挽救却为时已晚。骷髅头落入水中，发出清脆的声响，仿佛惊扰了一场梦境，谪渊下意识抬起头看向银杏树那边，猝不及防与一双盛着波影摇曳的眼眸对上。

谪渊看直了眼，愣怔几秒，才脱口而出道："怎么可能……这世间怎么可能会有比本尊更超然绝俗的人？！"

崇絮："……"

要不他还是睡下吧？

崇絮直起身，踏进冰凉的池水中，他看着眼前的男人，问："你是何人？"

谪渊宛若遭受雷击，不可置信道："这四海八荒竟然还有人不知晓本尊！"

崇絮认识的"尊"不少，沉吟片刻后问："难不成这数十年，又有新的剑尊横空出世了？还是妖王争夺战已经结束了，你是新一届妖王？"

谪渊脸黑了一大半："……呵，妖王？本尊哪里和那乳臭未干的臭小子像了？！再说了，就他，也配和本尊相提并论？"

"……"崇絮缄默片刻，大胆请教，"所以你是……"

"你给本尊听好了！本尊，乃万蛇之王，蛇界至尊——谪渊！就连那八虚宗梧舟峰的仙尊都打不过本尊！想当年本尊与之一战，他也勉强与本尊平分秋色吧！"

仙尊本尊崇絮："……"

他怎么不记得自己有打过这么一场架？

崇絮指了指自己问谪渊："你知道我是谁吗？"

谪渊不以为意："本尊无须知道。"他又瞥见崇絮素白的脖颈上锁着一道用灵力凝聚的锁链，当即勾了勾唇道，"既然在此遇见，便是有缘，若你肯答应帮本尊夺回妖丹，本尊便替你破除阵法，离开这里，如何？"

崇絮被谪渊这神奇的脑回路逗乐了，不免抿唇淡笑："以我

如今的处境，你如何得知我能帮你？再者，在你踏进寒潭时，阵法早已破除，这条锁链不过是虚物罢了，你又如何威胁得到我？"

大概是意识到自己真的无法威胁到对方，谪渊眉间一拧，倏地伸手抓住崇絮的手腕，在崇絮还未反应过来时，划破自己的指腹。

一滴温热的血落到崇絮手腕上，谪渊施法在指尖飞速结下契印，下一瞬，一道金色符文"叮"的一声拓在了崇絮的手腕内侧。

崇絮双眸倏然放大，眼底闪过一瞬的惊疑："你！"

偏偏谪渊还得意扬扬："主仆契，多亏你提醒，这会儿无论如何你都必须乖乖听令于本尊了！"

崇絮一言难尽地看着手腕上的金纹印，头疼地扶了扶额，恨不得将这自大狂妄的蛇尊拿去炖汤。

这是个屁的主仆契！

这分明是灵契！非死不能剥离的灵契！

这蛇大放厥词也就算了，还胸无点墨！

崇絮刚要张口数落，后脖颈忽然刮过一阵阴风，仿若想起了什么般指尖一颤，一手按在谪渊肩上："此地不宜久留，走！"

枯黄的银杏叶颤颤巍巍地打着旋儿落在水面。

一道虚影踏着银杏叶而来。来人的唇角抿成一条直线，眸光轻飘飘地落在寒潭边的银杏树上，银杏树仿佛被什么烫到，枝叶全部迅速枯萎，萎缩成一团。

男子不以为意地挪开眼，语气极轻："他跑了……"

一缕黑雾从他的指尖飘出，缭绕在半空中，说道："当初若不是看在你是妖界之主，且答应助本尊开启阵法的分上，本尊才不屑与你为伍。如今筹备多年，阵法开启迫在眉睫，本尊不希望在这个节骨眼上功亏一篑。"

男子垂下眼睫，目光温和："我明白，我不会让他坏了大事，你尽可放心。"

02

林间，燕语莺啼。

崇絮停下脚步，倚在树干上喘着气："我走不动了……"

谪渊懒洋洋吐槽："你行不行啊，照你这蜗牛速度，本尊何时才能到玄诃城？"

崇絮气得甩开宽大的衣袖，朝着手腕吼道："你挂我手上当然不嫌累啊！"

此时的谪渊化为一条小蛇缠在崇絮的手上，小蛇通体呈暗青色，蛇尾拴着一个锁环。

谪渊有些心虚地晃了晃蛇尾，强词夺理道："那是因……因为本尊没了妖丹，不能长时间维持人形！"

崇絮一脸嫌弃。

是是是，这家伙没了妖丹也能随随便便破了他数十年都没破掉的阵法，怎么可能只是一只普通的蛇妖啊。不过崇絮也不想打听他蛇的秘密，行走世间，谁身上还没点小秘密了。更何况他们只是萍水相逢，然而这烦人的灵契还不知要怎么处理。

谪渊盘起蛇身，将蛇脑袋埋下些许，小声道："而且也是你说要去玄诃城的，本尊可没逼你……"

崇絮皮笑肉不笑地捏起小蛇的七寸，薄绡滑落至手肘，白皙的肌肤上显出一道契印："你再说一遍，你没逼我？"

到底是谁下的契印啊！

前往玄诃城确实是崇絮的主意，但以他目前的身体状况来看，

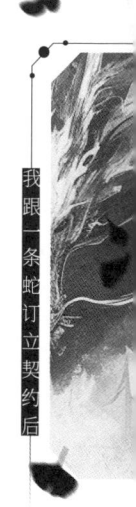

他还需要一个帮手。

谛渊从崇絮的手中挣脱，飘到崇絮肩上，煞有介事地清了清嗓子："虽然你顶撞了本尊，但本尊大人有大量，不与你计较。既然你累了，那便歇着吧，本尊带你去！"

崇絮鄙夷地看着眼前不足三寸长的小蛇："你能有什么方法？"

话音刚落，那小蛇"噗"地一下变大了。

谛渊语气骄傲道："来吧，本尊背着你爬。"

这话怎么听着那么怪呢。

谛渊又道："你放心，本尊这回不会使太大劲，上次本尊不小心将一头大象勒死了，还怪内疚的。"

刚抬手准备爬上谛渊蛇身的崇絮闻言动作一顿，慢条斯理地理了理袖子，微笑道："谢谢你，我的腿还能走。"

谛渊好说歹说，崇絮就是不敢轻易尝试，可不想遭受什么意外伤害。

又走了几里路，谛渊忽然掏出一张跃迁符，说是不知道从哪个身亡的修士身上扒下来的，还嘀咕着说最近莫名暴毙的修士有点多。

崇絮平时最爱干净，有事无事都会施法让灵气围绕全身，以免被什么污秽尘埃沾染，更别提用什么死人的物件，那比杀了他还要难受，是以婉拒了谛渊使用跃迁符的提议。

左右也闲着无事，崇絮问起了谛渊为何会失去妖丹。

谛渊心虚地摸了摸鼻尖："哦，和梧舟峰首徒打了一架，没打过。"

这会儿轮到崇絮抿起唇无情嘲笑了："哎呀，尊主不是说和梧舟峰的仙尊打得不相上下吗？怎么这些年功力没点长进，连他徒弟都打不过了啊。"

谪渊恼羞成怒，用蛇身缠住崇絮，蛇脑袋哼哧哼哧地摇晃着："那！那是因为本尊还没靠近他，妖丹就不知为何被他给吸走了！"

崇絮貌似认可他的说法，实则憋笑地点点头："哦！明白了，连人家身还未近，就落败了。"

谪渊气得牙痒痒："你！"

崇絮感觉蛇身收缩的力道越来越紧，被迫站得笔直，警告道："你可别乱来啊，我要是死了，可就没人帮你找妖丹了。"

谪渊身形一顿，似有不甘地松开崇絮，开始盘自己的身子："这个水货主仆契，一点用也没有！"

崇絮："……"

看来他的确是有点憋屈。

不过这位"叱咤风云"的蛇尊憋了不到十秒，又或许是实在见不得崇絮那从容不迫的模样，于是暗地里使了个损招，悄悄用了那张跃迁符。

没过多久，崇絮便感到身上有些痒，他难受地挠了挠后脖颈，白皙的肌肤被挠红了一片。

缩小版蛇形的谪渊趴在崇絮肩上，吐了吐蛇信子，不怀好意地问道："要不要本尊帮你？"

崇絮笑容和善："好啊，晚上就煲蛇汤吃。"

谪渊看着崇絮后脖颈的红疹，大抵是真的良心不安，随手甩了一张清洗符，崇絮身上那股瘙痒感顿时消失得无影无踪。

崇絮也不傻，觑了谪渊一眼："你故意整我是吧？"

谪渊理直气壮地冷哼一声："怎么可能！只是本尊才想起来还有这么个玩意。本尊岂是那种小肚量之人！"

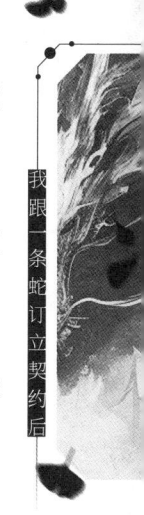

崇絮腹诽：你就是！

两人抵达玄诃城已是两日后，谪渊抬头望着挂在城门上斑驳不堪、摇摇欲坠的牌匾，一脸怀疑道："你友人就住这破地方？"

玄诃城虽在修仙界十大城池榜上排不上号，但也不至于用"破"来形容。

谪渊姿态悠闲，唇角勾着一个倨傲的弧度："就这破地方，连本尊蛇王谷的一座山头都比不上！本尊栖息之地山脉连绵不绝，更是有数眼灵泉滋养……"

崇絮真想捏个禁言诀堵住此蛇的嘴。

"话说回来，你那友人真的能帮本尊夺回妖丹？"蛇尊发起二连问。

"不能。他只是一个药修，柔弱不能自理，指望不了。"

谪渊上扬的唇角顿时垮了下来："那他能做甚？"

崇絮挑眉一笑："自然是帮我恢复功力，然后我再带你杀上门。"

谪渊一副不敢相信的表情，脸上写满了质疑："本尊可提醒你一句，那兔崽子厉害得很，估摸着也就他师尊才能收拾得了他。"

崇絮颇为认可道："你说得对，也就只有我能教训了。"

谪渊："你就吹吧。"

[03]

玄诃城，寻药斋。

崇絮还未走近，就见一人从寻药斋走出，长靴稳稳地踏在地上，腰间的金饰银链随之相撞发出悦耳之音，羽翎披风之下可见一展翅飞翔的千鸟绣纹。

此人正是梧舟峰仙尊首徒，溯之。

崇絮目光一滞，旁边的谪渊已然怒气滔天，眼见对方似有所感地就要瞧过来，崇絮当机立断，一手握住谪渊的手腕，一手捏了个瞬移诀。

在他们走后，又一白衫男子也走了出来，见溯之停在原地，话语里掺杂着些许不悦："怎么还不走？"

溯之迟疑道："方才附近好像有灵力波动，那波动有点熟悉……"

白衫男子不耐烦道："玄诃城不乏修士，或许是什么人在修炼。"

溯之便也没多想，恭敬地行了个礼："那溯之先行一步，叨扰师叔了。"

那位被溯之称作师叔的男子重重地冷哼一声，道："日后你别再来了，当年之事确为你所为，如今装得一副老好人的模样又是给谁看。"

溯之脸色一白，久久说不出话来。

崇絮用了一个瞬移诀，也不知瞬移到了哪儿。

谪渊一见到溯之，顿时气血上涌，本是想冲上前干架的，冷不防被崇絮瞬移走了，正要质问，却感到崇絮握着自己的手突然变凉，谪渊抬头，只见崇絮身形不稳地朝后跌去。谪渊立马化形将人扶住，还未张口，对方就猛地吐出一口鲜血。

谪渊震惊且先发制人："本尊向来一人做事一人当啊，但本尊刚刚可没动你，你……你别乱碰瓷啊。"

崇絮面色苍白，气息微弱，抬手轻轻拭去唇角的血珠。血腥味弥散，在本能的驱使下，谪渊不受控制再度化为小蛇，张开一

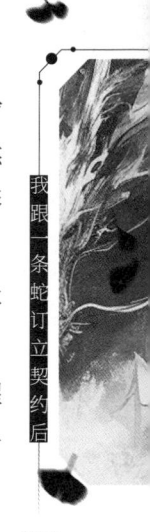

口利牙咬了下去，崇絮指尖顿时一疼，声音也变了调："你……"

伴随灵力入体，此时的谪渊只觉得，体内仿佛潜伏着什么东西，隐约有要冲出的架势。

也不知道过了多久，谪渊才松口睡了过去。

崇絮感到身体虚弱，抵不住席卷而来的困意，晕了过去。

在晕倒前，他似乎看到有人朝着他走来。

……

鼻尖是一股清新的药草香，崇絮掀开眼皮，便听见一道微弱的声音。

"醒了？"

崇絮微微偏过头，见到对方，终于松了口气："师兄。"

无焉收起银针，语气平常："说吧，自从封印魔域海后，这些年去哪儿了，我可是四处在寻你的踪迹。"崇絮刚要开口，无焉又叹了口气，抬手打断，"罢了罢了，你还是别同我讲，我懒得掺和你们梧舟峰的事。"

崇絮失语片刻，小声吐槽："说得好像你不是八虚宗的人一样。"

无焉只当没听见他的嘀咕："你消失的这些年，魔域海倒是挺安分，梧舟峰对外称你在闭关，也算是骗过了其他宗门。哦对，还有你那好徒儿溯之，隔三岔五就跑来我这里问，真是烦不胜烦。想当初也是他……"

担心触到崇絮的伤心事，无焉没有接着往下讲，倒是崇絮想到今日在药斋门口见到溯之的情形，神色淡了几分："他不过是为了天道圣物，你其实可以撵走他的。"

无焉收针包的手一顿，笑了一下："千鸟族唯一的后裔，我可不敢。"

崇絮没在屋内瞧见谛渊，随口问道："与我同行的那蛇呢？"

"在隔壁屋呢。我还没说你，日后不要随随便便给那蛇精吸灵力，你内丹虚弱成什么样你不知道吗？小心被他吸干了。"

"这次是意外，我也没想到他会不受控制还吸走这么多灵力。"

无焉又重新坐回床边，崇絮伸出手，任他诊脉。

崇絮试探性地问："如何？我的内丹有救吗？"

"依那反噬，你这内丹压根不可能还剩一半……"无焉说着说着，视线却落在崇絮手腕露出的印记上，"好啊，崇絮，这些年不见，你又和谁订立契约了，也不告诉师兄一声。"

崇絮顿感脑仁疼，他竟然忘了这茬。

"不是，师兄，我没想让你看到的……"

无焉更为恼怒："你居然还想瞒着我？！"

崇絮只好将经过简明扼要地讲述了一遍，最后下定结论："是那蛇笨，将灵契当成主仆契了，而且师兄你也知道，这契不好解……"

无焉一脸不可置信："他有那么笨吗？我瞅着他相貌堂堂、气度不凡，是个狠角色啊。"

像是为了印证崇絮的话，隔壁屋子传来"咚"的一声沉闷声响，伴随着瓦罐破碎的声音，崇絮和无焉赶到隔壁，只见一个反扣着的竹篓在屋里到处乱撞。

谛渊慌乱的声音自里面传来："崇絮！本尊的眼睛！本尊的眼睛怎么看不见了！"

"竹篓"磕磕碰碰，撞倒了不少药罐。

无焉："嗯……我现在相信你的话了。"

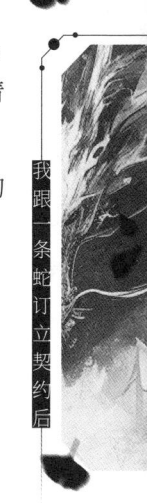

04

无焉为崇絮诊完脉后，眉头紧锁。

崇絮的内丹受损严重，加上这些年一直被囚于寒潭，经脉堵塞，需要仙草灵药疏通全身经脉才行，在此之前，最好不要驱动内丹。

离开前，谪渊附在崇絮的耳边悄悄问："你师兄真的靠谱吗？"

似曾相识的问话，崇絮无奈地叹了口气，问："你是不是从不看三界轶事？"

"三界轶事不就是三界八卦吗，那有什么好看的？本尊醉心修炼，对这些不感兴趣。"

崇絮："……你有没有想过或许他就是三界药修之首，无焉？"

"啧，你这人怎么总爱撒谎。罢了，既然签订了主仆契，本尊也应包容你。"谪渊看似大度地拍了拍崇絮的肩膀，"你那师兄若是药修之首，怎会是那副体虚力薄的模样？不早就将自己治好了？"

未等崇絮反驳，里间的无焉夹着嗓子咳了几声，道："我没聋，听得见啊。"

谪渊："……"

无焉需要的药草不过是一株开在灵泉旁的小白草，看不出什么特别的，所以谪渊一度怀疑那无焉是不是在诓他们。

谪渊望向走在前方的崇絮，余光瞥见他脖颈上的红色浅印，依稀记得在寒潭初遇时，他的脖颈上也有这道痕迹，像是被那灵锁勒出来的。

谪渊心念一动，走到崇絮身边问："你被囚于寒潭那么久，可知道是谁做的？"

崇絮用余光瞥了谪渊一眼，收回视线平静道："不知，他每次来总会封住我的双眼，敛下气息。"

"那你又为何会失去一半的内丹？"见崇絮困惑的目光望过来，谪渊尴尬地握拳咳了两声，"你和你师兄的对话我无意间听见了几句。"

崇絮渐渐停下步子，侧过身："若我说是梧舟峰溯之所为，你相信吗？"

谪渊神情愣怔，眸中掠过各种情绪，就在崇絮以为谪渊终于要开窍怀疑自己仙尊的身份时，谪渊眼底倏地燃起团团烈火，一把按住崇絮的肩膀，义正词严道："你放心！本尊夺回妖丹之后，必会替你报仇！"

崇絮无奈地扶了扶额。

罢了，就这榆木脑袋，还是别指望他了。

灵泉就在玄诃城外，两人采了几株药草后便要回城，不想却在半途遭遇了妖物偷袭。

妖物利爪化形，直直朝二人扑来："天道圣物！"

崇絮暗道不妙，正要抓着谪渊的手腕往后撤，谪渊却纹丝不动，一脸狂妄道："尔等卑劣之妖，竟不知死活妄图偷袭本尊？本尊定让你——"

谪渊边说话，指尖边做出动作，然而手心却什么也没蹦出来。

谪渊一拍脑袋，恍然大悟："哦！差点忘了本尊如今修为尽失了。"

眼见那爪子近在咫尺，谪渊唰地一下变回蛇形，跳进崇絮怀里大喊："快跑！"

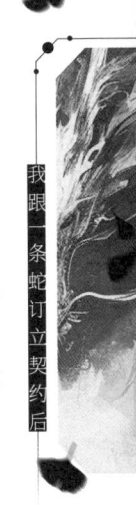

崇絮脚尖点地，迅速往后退开，哪怕身后有妖追杀，也不忘损道："蛇尊大人刚刚不是嚣张得很吗？"

那妖物也不知道从哪儿弄来一张追仙网，紧追不舍。

谪渊紧紧缠绕在崇絮的手腕上，生怕崇絮将自己甩了出去："待……待本尊修为恢复，便是这破网灰飞烟灭之时！"

崇絮："……你还能再厌点吗！"

崇絮只觉得心累，做仙尊做得像他这么憋屈的还是头一人吧。

实在是忍无可忍，崇絮一个回旋转过身，正当谪渊震惊得化成人形，要拽着崇絮逃跑时，崇絮的手却覆上他的后脑，那一瞬间，他识海中如似有数万朵烟花在夜里绽放，谪渊直接愣了神。

紧接着，他的手腕就被扣住，指尖飞速凝出一道灵力将那妖物击退，那妖物身受重伤，不敢贸然上前，只得硬着头皮道："你们给我等着！我这就回去禀报妖王！怀揣天道圣物，我看你能跑到哪儿去！"

妖物说完便遁地逃走。

崇絮立在原地等了一会儿，直至确认那妖物已经远离，才放松下来。他身形顿显疲惫，浑身精力仿佛被抽去，偏偏愣怔在一旁的谪渊还傻乎乎地问："你……你方才对本尊做了什么？为何本尊那一瞬间顿感灵力充沛……"

崇絮抿着唇角，绷紧下颌，没好气道："闭嘴！"

谪渊不明所以，却还是乖乖闭嘴了。前方崇絮的步伐迈得更大了。

崇絮前脚刚回到寻药斋，目光便落在桌案那张不容忽视的金纹卷轴上。

"这是何物？"谪渊也注意到了，先一步拿起卷轴，抻开。

无焉捯饬着花花草草，头也没偏过一分地回道："没看见吗？

梧舟峰首徒溯之的生辰宴。"

一提到溯之,谪渊便颇为嫌弃地丢开卷轴:"一介小辈过什么生辰宴,谁会去啊。"

无焉:"你还别说,他的身份尊贵得很,世家宗门多少都会给几分薄面的。"

被谪渊丢开的卷轴正好滚落在崇絮脚边,崇絮捡起来,神色不显地看了一眼,问:"你要去?"

无焉从崇絮那儿抽出草药袋,捻起几根小白草放到鼻尖嗅了嗅,说:"不是我要去,是我们都得去。刚好还缺一味千年雪参,梧舟峰那儿有。"

无焉吊儿郎当地甩着草药袋坐回小木椅上,拿起捣药杵开始研磨。

谪渊余光瞥见崇絮仍看着那卷轴出神,疑惑的目光不由得在他身上扫过,又迅速挪开。

想了想,他起身悄悄走到无焉那边,小声问:"你能看病吗?"

无焉掀起眼皮:"你有病啊?"

"你怎么说话的?"

"我是说,你有什么病,什么症状?"

谪渊遮遮掩掩地瞄了眼崇絮,压低了声音:"就是他一摸我的后脑,我会突然感到全身灵力充沛,但我明明没有妖丹了啊……"

"什么?!"无焉满脸震撼,目光如飞刀般看向崇絮,"崇絮!你又给他灵力了?!"

崇絮本意不想将此事闹大,连忙辩驳:"师兄,当时情况紧急!"

眼见无焉就要发火,崇絮一股脑飞快道:"只是以灵契借了

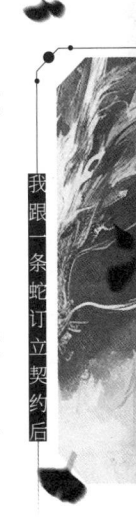

他一点灵力罢了！我真的没事！"

无焉冷不防被崇絮这么一吼，突然不知道怎么接话了。

而三界第一蛇尊更是震惊得不敢说话，胸腔轻轻震颤，最后讷讷地吐出两个字："灵……契……"

还不待崇絮接话，蛇尊"噗"的一声，突然变为蛇形，脑袋晃晃悠悠的，疾速地钻进了竹篓里。

崇絮掀开竹篓的一角，只见小蛇缩在角落里，盘着身子，脑袋上疑似冒着一缕白烟，仿若吃了假酒似的。

崇絮："他这是在作甚？"

无焉意味深长道："凭借我多年对动植物的研究，他大抵是在因为自己结错契约而不好意思。"

崇絮："……"

[05]

八虚宗，乃天下第一宗。

凡入八虚宗的修士不问来历，是以其门下弟子众多，不过大部分都是冲着梧舟峰仙尊去的，只是仙尊收徒甚少，百余年也只收了两名弟子。

此刻，放眼望去，八虚宗的殿堂楼阁高耸入云、雄伟壮丽。正殿前热闹非凡，不少仙家已然赶到，纷纷送上贺礼。泉溪旁伫立着几只饮水仙鹤，正兴致盎然地盯着躲在暗处的三人。

梧舟峰存放灵丹妙药的地方在草药阁，三人简单商议了一下，由谪渊和无焉潜进草药阁，崇絮则在外头接应。原本安排得挺好，哪知崇絮却被误会成迷路的道友，硬生生被拽去了前殿凑热闹。

崇絮恐推脱会引起怀疑，只好将就着过去，默默降低了自己的存在感。不过想来也不会出什么岔子，毕竟他非常低调地戴着一顶幂篱。

生辰宴的主人公出场了，仍是那套亘古不变的红金镶边千鸟暗纹黑衫，一头黑发以高冠束起，一副少年意气风发的模样，被一众道友簇拥着走出来。

几番闲聊过后，有道友不合时宜地问："听说前几日有妖物在玄诃城附近见到了仙尊，但仙尊不是在闭关吗？"

溯之眼底闪过一丝诧异，思索几番后，也明白这个时候不能暴露师尊的行迹，于是竭力压下内心的欣喜，正色道："也许是那妖物看错了，师尊一直都在后山闭关。"

"我等也并非怀疑梧舟峰，只不过这天道圣物在仙尊手里，是否过于不公正了点？"另一位道长含沙射影道。

溯之勾了勾唇，霎时明白了这些人的用意，直白地反问："怎么，各位今日前来梧舟峰，祝贺为假，实际上是来打探天道圣物消息的吗？听你们这意思，倒是想兴师问罪了？"

有些怕事的宗门自是不敢惹恼梧舟峰这位首徒，别的不说，就说这溯之既是千鸟族后裔，又是仙尊之徒，小小年纪功力深不可测，众人连忙说着"不敢不敢"，但也有不怕的散修铁了心要打破砂锅问到底，不停地拱火。

"我看啊，这梧舟峰分明就想吞了那圣物！谁不知道那天道圣物蕴含充沛的灵力，能镇四方魔物，更别说还能强行打开通往上界的飞升之道！"

"还说仙尊是什么高风亮节的君子，其实不过是个自私小人罢了！辜负了大家对他的信任！"

崇絮在一旁面无表情地听着，也不知道从什么时候开始，整个修仙界就乱传他身上有什么天道圣物，他要是真的有这东西，

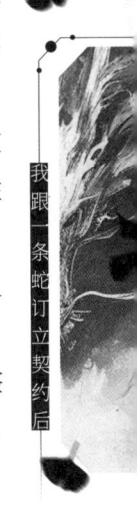

何至于沦落到被囚禁数十年的地步？

眼看又有一番争吵，崇絮找了个时机准备偷溜，结果不知道被哪位激动抗议的道友撞到了肩，崇絮踉跄几步，一个不稳又撞向殿前的香炉，疼得他直咧嘴。

还不待他多喊几声疼，全场的目光就聚焦过来，首先投来的便是高台上那道冰冷的视线。

若他隐在人群中，戴个幂篱倒没什么，偏偏这会儿大家都看过来，他带着幂篱反而更显眼了。余光中，溯之一步步走下石阶，灵气也自他身后凝聚成一缕缕细细的金丝线。

随着他的靠近，崇絮的丹田隐隐作痛。

"你是何人，哪个宗门的？"溯之的视线笔直地望过来，像一把暗藏的利箭，将崇絮整个人被架在这里动弹不得。

此时他的脑袋瓜从没有转得这么快过。

按理说，他不应该厌的，他是八虚宗仙尊，更是溯之的师尊，他站在这里就足以威震四方。但眼下他不能在这里出现，在世人眼里，他怀揣着天道圣物，若不是魔域海一战后，这些宗门十分忌惮他，不然早就趁他"闭关"的这些年联手荡平梧舟峰夺取圣物了。

如今他的修为大不如前，参与宴席的修士中不乏境界已到金丹期的，他若在这个时候被人发现，无异于羊入虎口，哪怕说自己根本不知道天道圣物也无济于事，那些眼红的修士根本不会听他解释。

跑？失去半颗内丹的他根本跑不过。

易容？那更是一眼就能被看穿。

溯之的脚步声像是夺命催魂般，让他更焦灼。

那金丝线已然先一步，探到了崇絮面前。

崇絮一颗心骤然提到了嗓子眼，就在那金丝线要撩起幂篱时，宽阔的肩背映入眼底，那些跃跃欲试的金丝线全数僵住不动了。

崇絮恍然地看着谪渊，胸腔那处急速的跳动逐渐平稳了下来。

谪渊微微偏头，崇絮发现他的神色不像往常，此刻多了几分凌厉，下颌线绷得很紧，利落且冷硬，唯独看向他的目光里藏了一分担忧。

在确认崇絮无碍后，谪渊才收回视线，冷淡地瞥向几步远的溯之："既然碰上了，那便将本尊的妖丹交出来，免得本尊不给你面子，搅和了你这生辰宴。"

他语气平淡，但眉眼间透出来的压迫感直直逼向溯之。

谪渊的这份敌意显而易见，几大宗门弟子不知来龙去脉，故而抱着看好戏的态度未有动作。

溯之没有开口，目光在谪渊和崇絮之间游移几个来回，也不知道是不是瞧出了什么。

他平静地说："什么妖丹？我不知道。"

谪渊正欲发作，手腕蓦地覆上一抹凉，崇絮轻声道："我们俩就算现在合力也不是他的对手，而且这里人多，寡不敌众，别冲动。"

谪渊神色挣扎，似有不愿。

然而这时，一团黑雾不知何时凝聚上空，阴恻恻的声音仿佛自旷野传来："果然还是梧舟峰有面儿！今日这么多的修士，足够我美餐一顿了！"

还不待众修士有所反应，那黑雾如泼墨般向四周疾速散开。

紧接着，众人纷纷被卷进了幻境中。

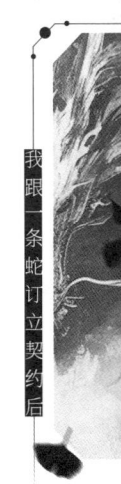

[06]

谪渊睁眼，已身处另一个时空。

烈火残垣，天崩地裂，乱石飞沙，入目皆是躯体残骸和斑驳血液。

一道白色身影缓缓从万千尸骨中走过，有些尚存一息的千鸟族族人试图伸手去抓那道身影的衣角，可还是让那片象征希翼的衣角从手中滑走，而那衣袂却不染半分尘埃。

身后电闪雷鸣，在已龟裂的大地上大肆留下痕迹，那人步伐依旧不紧不慢。

谪渊认出了那人是崇絮。

崇絮静静地走到一座尸骨堆起的小山堆前，在一个老者身旁蹲下。老者伤势严重，见他来了，气若游丝道："我知你恨我……事到如今，我不求你原谅，只求你能替我千鸟族保住这唯一的血脉……"

老者颤颤巍巍地从怀里拿出乾坤袋，然而崇絮没有接过，在火光的映照下，他那张一向温和的脸上，每一寸的冷漠都清晰可见，他勾着唇笑道："你就不怕我杀了你的孙儿吗？你应该知道……我恨他，也恨你。"

"稚子无辜……当年是我一意孤行，如今，因果循环，我千鸟族也为此付出了代价……"老者将乾坤袋放在崇絮手上，算是了却心愿地一笑，"崇絮，溯之就拜托你了……"

崇絮轻轻闭了闭眼，正要将乾坤袋收起，却发现手腕处多了一道契印，他顿了一下，又自嘲一声，似有感叹："没想到到了最后，还是被你摆了一道。"

"不过，说到底，你还是怕的，怕我杀了你的孙儿，不然也不会特地给我下一道灵契。"

他翻过袖袍，无所谓地扯了扯唇角，抬脚离开了千鸟族。

……

下一瞬，场景又发生了变化，这次是在梧舟峰的修雅堂。

殿堂的棋桌两侧分别坐着两人，一人形貌昳丽，一件素白清透的浮光暗纹外衫将他的清冷感衬托得恰到好处，他手执白子，落于棋盘。另一名老者已然须发皆白。

老者道："溯之和槐灯这俩小子也到了下山历练的时候了，你准备何时遣他们去？"

崇絮理了理衣袍，不以为意道："喏，这不就来了。"

话音刚落，一名十三四岁的少年郎正步走入大殿，朝二人行礼："溯之见过师尊、师叔祖。"

旁观一切的谪渊倏然睁大了双眼，不可置信地偏头望向崇絮，他耳朵没幻听？方才溯之那厮称崇絮什么来着？师尊？！

崇絮看也没看溯之一眼，便朝他抛了个锦囊："送你个法器，今日便可同槐灯下山了，你们二人行走在外记得相互照应，莫要给我惹麻烦。"

溯之低眉垂眼，小声回应。

"行了，下去吧。"崇絮袖袍一挥，打发走溯之。

见他走远，老者才抚着胡须眯了眯眼道："怎么感觉你这大弟子很怕你。"

崇絮正琢磨着棋局，闻言指尖一顿，不置可否道："该你了。"

日复一日，春去秋来。

谪渊眼前的场景飞快变幻着，又是一年冬，溯之和槐灯结束了为期三年的历练，回到了梧舟峰。

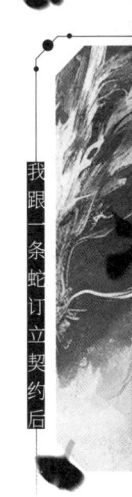

此次历练收获颇丰，溯之不仅功力有所突破，还捞到一块传世温玉，此玉终日温热，把玩在手心可驱寒送暖。他想起师尊怕冷，便想将此物献予师尊。

哪知他刚走进修雅堂，崇絮便冷眼看着他，抬手封住了他的灵力："一身血腥味，去院子里站着，去去味。"

他心中的欢喜霎时间被无穷无尽的失落、委屈和不忿所填满。

雪愈下愈大，纷纷扬扬地洒落世间。

崇絮站在廊檐下，看着院落中的溯之，对立在一旁的槐灯道："扶他进去，多拨点银丝炭过去热着。"

"是，师尊。"

槐灯比溯之年纪小了一岁，不过十六岁却更沉稳些，是崇絮游历时捡回来的。当时见他因额角边的伤疤而被一众妖物欺负，崇絮便做主将人收入门下，取名槐灯。

如今，那道小疤痕被他描了几笔，画成了一片银杏叶的模样。

夜里，崇絮总归有点不放心，起身披了件外衣去溯之屋内。只见屋内烧着炭火，槐灯趴在床沿已然睡熟，而溯之则裹着厚重的被子冷得牙关打战，嘴里喃喃着什么。

崇絮不用细听都能知晓，当时溯之虽被藏进乾坤袋中，但也该听见了自己说恨他的那句话。

崇絮凝视着溯之苍白的脸，无声地叹了口气，长指点在他的眉心，将最后那缕藏在丹田内的邪气勾出，掐灭，继而解开他丹田的封印，给他灌输灵力。

一直到后半夜，天将明时，崇絮才替溯之掖好被褥。

却不想溯之已然睁眼，眸中滑过一丝暗青游龙的倒影，崇絮一怔，目光仿若凝滞。

溯之瞧着崇絮愣怔的模样，轻声唤道："师尊……"

崇絮如梦初醒，眉目一沉，转身离开。

溯之望着崇絮的背影，剩下的半句话在喉咙口咽了火。

他想问：师尊，你透过我，在看谁？

也许是太过疲累，溯之又闭上了双眼。原先趴在一旁熟睡的槐灯掀开眼皮，眸光冰冷，他几乎没有任何犹豫地放出一只名为"傀儡"的蛊虫。此蛊虫的作用正如其名，施蛊者只需灵力驱使，中蛊之人便仿若傀儡，只听他的指令。

数月后，魔域海结界再度开启，继千鸟族被屠族后，不少宗门相继遭到侵袭。风雨飘摇之际，众宗门试图联手重新封印魔域海。

封印当日，一道碧色身影伫立在魔域海上空的混沌漩涡前，狂风烈烈，就连空中翻滚着的雷暴闪电都未能撼动他三分。

不少宗门修士抵抗着由黑雾化成的魔将，一时间刀光剑影。

一缕魔息自混沌中说道："崇絮！别枉费力气了！以千鸟族全族和几大宗门灵力为饵，魔域海的结界，本尊今日定要破开！"

刹那间，魔息散发的黑雾愈发浓郁，所诞生的魔将更为凶悍，杀不尽，斩不绝，修士们纷纷处于劣势。眼看混沌漩涡急剧扩张，崇絮不得不凝神，指尖捏诀画出阵法，祭出本命剑，将全部灵力渡入剑身，只待剑身插入阵眼，便能开启阵法。

然而此时，谁也没注意到，一道身影悄悄站在了崇絮身后，风刃划破手腕，以血祭秘术，施违禁之法。

仿佛意识到了什么，崇絮猛地转头，耳畔狂风呼啸，云层落下的暗影覆在溯之冷漠的脸上，一双眼眸渗透出幽深的猩红。他嘴唇翕动，那一刹那，象征着灵契的灵纹腾至空中，崇絮不可置信地看着溯之，还来不及制止，腹部便传来一阵剜心裂肺的痛。

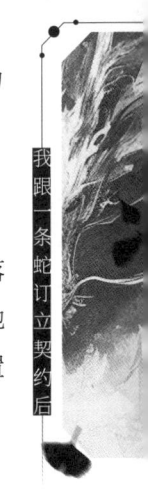

灵契乍然破碎。

随之而来的便是急速运转的内丹不堪重负，在他体内轰然炸开。为了开启阵法他本就损耗了不少灵力，此刻更是虚弱无比，他闷咳一声，唇角渗出一抹暗红的血，紧接着更多的血自眼睛、鼻子、耳朵流出，眼前的视线被厚重的血雾所覆盖。

唯有心口那处散发着微弱的青光。

崇絮放缓了呼吸，但每一次呼吸都像被千万根针扎一般，他竭力压制着五脏六腑的痛意，抬起指尖落下最后一道灵力，本命剑应声召唤，插入阵眼。

哪怕指尖痛得发颤，崇絮也挺直脊柱，语气平静，声音却透着仿佛被烈火灼烧的嘶哑："为何？"

狂风猎猎，溯之的黑衫被风吹起，他脸上沾着血，一双往日里熠熠生辉的眸子暗淡如一潭死水。他什么也没有说，只是看看崇絮，看着他因少了修为灵力的支撑，从空中坠落。

旁观了一切的谪渊心一紧，下意识伸手去接，却在触碰时，穿过了对方的身体。他知道这是崇絮过往的经历，他不在局中，只能眼睁睁地看着这一切发生。

至此，魔域海一战后，世人再未见过梧舟峰仙尊。

[07]

谪渊仍怔怔地立在原地，一只骨节分明的手搭上他的肩。他偏过头，崇絮淡如雪色的脸出现在眼前，语气有些意味不明："你刚刚看到什么了？"

幻象如潮水般退去，谪渊抬手抚上了心脏，有些恍然道："本尊心口疼。"

受灵契的影响，崇絮也感知到了谪渊心口那细密的疼。

望着他呆怔的模样，崇絮正要张唇，一道怨毒的嗓音自四面八方响起。

"崇絮！被自己弟子背叛的滋味如何！他明明就不该出现在这个世上，你也恨极了他，却还是为他做了那么多，可是呢！到头来你却换来如今的下场，你愤怒吗？崇絮，你想杀了他吗？杀了溯之！"

崇絮不动声色将谪渊挡在身后，他觉得是自己将谪渊卷入了这场纷争，他眸色淡淡，对着那藏在暗处的妖物只说了四个字："与你何干。"

对方像是气急，不再言语，召出数十道风刃。

崇絮拂袖抵挡，不料一记风刃竟然从背后袭来。谪渊神色一凛，拉过崇絮正要抬手回击，那风刃却突然变得透明，谪渊一时不察，胸口被命中，随即闷哼一声。

眼看就要落败，也不知是谁破了阵法，整个幻境顿时土崩瓦解，众修士从幻境中脱离。

幻境的瓦解带起一阵平地而起的风，将崇絮的幂篱吹掀在地，还不待崇絮抬手遮脸，众人已然窥到崇絮的容貌，震惊不已。

"是仙尊！"

"可他不是在闭关吗？！"

殿前的溯之见到崇絮，惊喜万分，脚步还未来得及迈开，就仿若被什么东西摄了心魂，眸子里的光飞速暗下，金丝线唰地甩向崇絮，只听"锵"的一声，被什么东西打落。

众人皆是一惊，定眼看向那片飘旋在地的银杏叶。

以银杏叶为武器的，这世间除了崇絮的二弟子槐灯，再无他人。

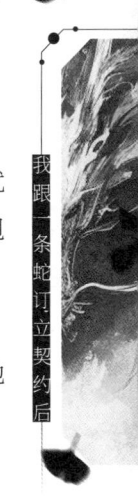

崇絮怔怔望去，只见槐灯着一身黄白藤纹衫走来，挡在崇絮面前，左眼偏上处是一枚银杏花钿。

他看向众人，声音温和却不失强硬："我看……在座的各位谁敢动我师尊？"

话是对众人说的，目光却看向溯之。

有修士上前一步好言相劝道："槐兄，仙尊他藏匿天道圣物是不争的事实，难道你要为了他和整个修仙界作对？"

槐灯唇角挂着温和的笑意，他凌空一抓，银杏叶渐渐在他手中盘旋聚集，形成一条长鞭："我只知是师尊教我心法，护我长大，师恩如父恩，槐灯不能忘，也绝不做背信弃义之事。"他微微偏头，对崇絮道，"师尊，你先走，无焉师叔已经在山下等你了。"

崇絮原本还想再说些什么，但谪渊的情况不容乐观，他只得留下一句"小心"，便带着谪渊匆匆离去。

到了梧舟峰山下，崇絮急忙让无焉给谪渊诊脉，无焉眉头紧锁道："他似乎中了魔妖的幻术，体内还有两股蛮横的力量在互相缠斗，一道应该是魔妖的，另一道……"无焉顿了下，神色有些困惑不解，"像是被打了封印，我也摸不准，但如果再这样放任下去说不定会承受不住，爆体而亡。"

崇絮蹙着眉头问："那怎么办？"

"需要一汪灵泉，再要一人替他引渡化解……"

崇絮看着紧闭双眼的谪渊，咬了咬牙道："我和他有灵契相连，想要引渡兴许不难，但现在来不及回玄诃城了，附近灵泉你可知哪儿有？"

"崇絮！"无焉低喝，欲言又止。

崇絮知道无焉的考量，摁了摁他的手臂宽慰道："告诉我。"

无焉知道自己劝不动他，叹了口气，将从草药阁顺出来的雪参交予崇絮："罢了罢了，我告诉你便是。"

深山灵泉内。

谪渊只觉得浑身上下热得不同寻常，好像要自内向外彻底融化似的。也不知在热海中沉浮了多久，直到一股凉意钻进心扉，他内心的燥意才有所缓解。

谪渊睁开眼，透过蒙眬的视线，看清了自己身在何处。

几盏浅黄色的灯盏倒映在波光粼粼的水面上，像是注意到他的苏醒，崇絮微微掀开眼皮，一双眼眸比之从前更为湿润透亮。

崇絮见他醒了，忙问："感觉怎么样？"

谪渊又疲惫地合上眼睛："还是好热……本……本尊不会真的要融化了吧……"

谪渊身上滚烫的热气只增不减，崇絮只得重新将灵力灌输给他，不承想他体内仿佛有一股强大的力量贪婪地吸食灵力，不知停歇，崇絮的灵力逐渐被抽空……

而在谪渊灼热的识海内，一道封印符文悄悄燃烧殆尽。

霎时，汹涌的记忆如被解封般蜂拥而至。

往事被掀开了一角。

[08]

崇絮醒来的时候已不在灵泉，而是在寻药斋。

他没见到谪渊的踪影，便问在捣鼓药材的无焉。起初无焉支支吾吾地敷衍，在崇絮的逼问下，这才无奈地坦白道："那傻蛇杀上了梧舟峰。"

"什么？！你怎么不拦着他！他傻你也跟着傻吗？"说罢，

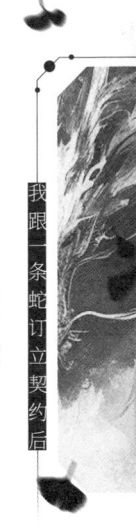

崇絮当即就要出门，却被无焉拦住。

"崇絮！我看傻的是你！"无焉气不打一处来，也忍不住怒吼，"那蛇要是死了，你和他之间的灵契便也作废了，届时你就解脱了！"

崇絮的身形一顿，无焉继而劝道："你别忘了，当年就是因为灵契，才害得你被那欺师叛祖的好徒弟重伤。如今那蛇从你这儿汲取了不少灵力，若你是为还他在寒潭无意救你的恩情，那也早就还完了！"

崇絮胸膛震颤，轻呼几回，才从牙关挤出一句话："谪渊与溯之不同。更何况，我应允过他，会助他夺回妖丹。"

说完，崇絮不顾无焉阻拦，离开了寻药斋。

崇絮刚回到梧舟峰，就见后山祭坛腾起一群仙鹤。

他匆忙赶去祭坛，两道身影在那里厮杀，随手便落下一道灵力惊雷，劈得祭坛四分五裂。

崇絮步履生风，指尖扬起一道诀，正要冲进去，却被不知道从何处现身的槐灯拦下。

"师尊！别过去！"

"别拦我！"崇絮扬起衣袖甩开槐灯，露出的半截手臂赫然显着一道契印。

槐灯瞳孔一缩，面容惨白，眼睛死死地盯着崇絮的手腕。

下一瞬，正要冲上前的崇絮猛地被头顶落下的一道结界挡住了去路。崇絮步伐一顿，整个人仿若凝固了似的，目光一点点看向从自己身侧走到面前的槐灯。

他呼吸几不可察地颤抖，他认得这结界的纹路，与在寒潭囚禁他的那道一模一样。

换言之……

"是你囚禁的我……"崇絮直直地看着槐灯,他是真的没有想到他教出来的好徒弟,一个趁他灵力耗竭时不惜祭出禁术也要解开灵契,一个居然不声不响地囚禁了他数十年。

崇絮只觉得喉头苦涩,还未来得及质问,一声巨响突然砸碎了结界。飞沙走砾中,谪渊拉着崇絮的手腕急急往后撤,他忍不住吼道:"你怎么来了?!我不是让无焉拦着你吗?!"

可见是真的生气,都不自称"本尊"了。

崇絮也不明白他为何生气,一片好心当驴肝肺,当下也生气地冲着他吼:"那我不是担心你吗?!"

此言一出,谪渊静默片刻,暗绿色的眸子里闪动着不寻常的光,他叹了口气道:"你还是同以前一样笨。"

那熟稔的语气让崇絮一怔,脑子霎时空白一片。

另一边的槐灯见此情景,也不再掩饰,朝溯之大喊:"还不快祭出融魂炉!"

崇絮心神一震,融魂炉这件法器蛮横霸道,若要开启它,需以元神献祭。

血色祭坛上,溯之却毫不犹豫地将元神注入炉内。

也是在这时,崇絮才得以瞥见溯之脖颈处那道狰狞的紫黑纹路。

他惊骇万分:"是傀儡蛊,你竟然给他下了蛊?!"

电光石火间,崇絮想起了这些年溯之的种种变化。溯之虽然敬他,却也怕他,但那道灵契是他最后一道护身符,只要灵契在,崇絮哪怕再厌恶他也不会对他下手。可溯之竟然不惜毁掉这道护身符,这的确有违常理。

如今看来,当时操纵溯之趁他不备自毁灵契的就是槐灯!

崇絮万万没想到,梧舟峰平时安宁和睦的生活竟都是假象。

元神若是献祭融魂炉,便再也无法复原,崇絮到底没法亲眼看着自小带大的弟子走上这样的路,连忙试图唤醒他:"溯之!别犯傻!凝神调息!"

"晚了!蛊虫早已侵蚀入骨,他只会听从我的命令。"槐灯怪异地冷笑一声。

崇絮不可置信:"溯之待你不薄!"

"待我不薄?我生平最厌恶的就是他!"槐灯怒吼一声,像是抑制不住愤怒一般,脊背微微颤抖,"师尊明明有我一个徒儿就够了!他凭什么做我师兄?若不是留着他还有用,我早就将他千刀万剐了!"

槐灯仿若走火入魔般,双目猩红:"马上就结束了,我会让那些欺负我的、阻挡我的全部消失!还有这条……不知天高地厚的臭蛇!"

这时,一团黑雾从虚空中出现,是前不久大乱生辰宴的魔妖,他立在槐灯旁恭敬道:"尊上,万事俱备,是否开启阵法?"

在崇絮错愕的眼神中,槐灯轻轻闭了闭眼。

一声令下,祭坛之上忽然裂开一道巨大的口子,紧接着,祭坛四周乍然亮起九束红光,全部汇聚涌入融魂炉中。远方天空劈下雷电,云诡波谲,那如深渊的巨兽之口缓缓撕开,无数怨鬼哀号萦绕,狂风四起。

崇絮大骇,他没想到槐灯已是妖界之主,更想不到他竟然妄图用融魂炉撕开魔域海的结界。

难怪前不久谪渊说最近莫名暴毙的修士多到不合常理……原来,槐灯竟然这么早就开始筹谋了!

可他为什么要这么做?

八虚宗的修士闻讯赶来,试图列阵抵抗,却全部沦为融魂炉的养分。

崇絮立马从谪渊身后冲出来，对着那群修士喊道："不要靠近祭坛！"

但为时已晚，祭坛中央的阵法急速扩大，竟覆盖了整个梧舟峰，再过不久，整个八虚宗都会被囊括其中。

崇絮立时给无焉发传音蝶，让他尽快带着八虚宗的弟子撤离。结果传音蝶刚飞出去，就被一缕黑雾掐灭于空中。

不知何时起了雾，一股危机感直直地袭向崇絮，崇絮僵硬着回头，槐灯正好整以暇地看着他，只不过眼底萦绕着一团黑雾。

崇絮顿时反应过来，警惕道："你不是槐灯。"

槐灯抬起手，唇角勾着散漫的笑："崇絮，你可知我藏在这小兔崽子的神魂里，看着你们师严徒尊的和睦样子，有多么恼怒！本尊恨不得立马现身报当日之仇！"

崇絮的心霎时降至冰点，好半晌都说不出话来。

他是魔尊……

"怎么不说话？不欢迎我？"魔尊饶有兴致地看着崇絮面如土色的模样，似乎这就是他最大的乐趣。

崇絮竭力冷静下来。槐灯是妖王已确认无疑，也不知他是何时与魔尊勾结，但这已经不重要了，既然魔尊借了槐灯的身体，说明此时的魔域海结界并未彻底打开，本命剑阵法应该还能再坚持一会儿。

思及此，崇絮猛地朝身边一吼："谪渊！斩断融魂炉便能关闭通道！"

然而四周早就寂静得落针可闻。

"你是在找他吗？"魔尊轻笑一声，手指微抬，拨开重重黑雾后，谪渊和崇絮的身影赫然出现在祭坛上方的半空中。

崇絮目光一凝。

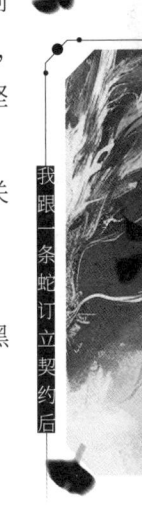

不知道什么时候，融魂炉已对谪渊下手，一条锁链牢牢将他禁锢住，正吸食着他的元神。

"谪渊！"崇絮就要冲上前，却听到魔尊兀自笑着。

"别枉费力气了，崇絮，你和你的两个弟子，以及这条蛇，都不是我的对手。整个修仙界，亦不是我的对手！"魔尊见崇絮听不进话，也不恼怒，反而慢条斯理，带着几分温柔道，"崇絮，与其想着如何封印我，不如想想该怎么欢迎我……"

崇絮的脚步蓦然一顿。

魔尊还以为崇絮终于听进了他的话，目光微转，却看到融魂炉将溯之与谪渊的躯体并排悬浮在空中。魔尊抬手就要破开，但融魂炉似乎形成了一道屏障，纹丝不动，不受魔尊控制。

而崇絮早就看怔了，眼前铺陈开的一幕幕是他深藏在脑海里的记忆：

千鸟族族长带领着族人去往海渊，将正在渡劫的海渊苍龙擒住，抽筋剥皮，取出龙脊液。

是千鸟族族长将龙脊液喂给奄奄一息不能久活的孙儿，更是用龙骨、龙筋替溯之重塑了身体，使其脱胎换骨。

那时的海渊被一声声凄厉的龙吟声灌满，等他出关赶到时，只剩下一片死寂的被血染成暗红色的深海。

他在礁石边喊了许久许久，喊到声音沙哑都无人回应。

原来是他……

"小青苍……"崇絮喃喃一声，泪水滑落脸庞。

伴随着一声沉闷的龙啸，谪渊身后陡然显现被锁链咒文锁住的蛇身幻象，紧接着，一颗金丹从溯之身上剥离，没入谪渊的体内。

周遭灵气蠢蠢欲动，像是被压到了极致，轰然一声，锁链符文全然粉碎，一条浑身发光的苍龙出现在层层黑云里。

而崇絮的胸口也闪烁着微光，似乎在与谪渊共鸣，他低头一看，胸口飞出一片护心鳞，直飞到谪渊心口，缓缓贴近，融为一体。

又是一道穿破云层的龙吟，在这广阔无垠的天际中回荡盘旋。

崇絮瞬间就明白了，明白为什么那寒潭的结界对谪渊无效，为何自己当年身负重伤却未陨落，因为他日夜惦记的小青苍将那片护心鳞交予了自己。

黑雾中，谪渊缓缓睁开了眼睛，一双金眸看向了崇絮。

一如从前。

[09]

后来也有不少修士提及那次梧舟峰的祭坛之战，听说打了三天三夜，天穹之上闪烁着金黑两道光芒，打得那叫一个不可开交，不分伯仲。最后还是黑色那方落败，那盘旋在八虚宗上空的巨大旋涡也渐渐消失了。

梧舟峰被损毁得不成样子，一时间也不能住人，于是崇絮便去了大长老的屋子里小住。

大长老爱下棋，两人切磋了一局，但他的注意力时不时会被别的事物分散，譬如他已经是第八次眯着眼睛询问："你这手腕上戴着的是个蛇镯子吗？怎么这镯子的肚子还在动呢？"

既被当成镯子，又被当成蛇的谪渊一时间不知道该先吐槽哪一点。

随后便听到崇絮笑着说："您看错了吧，镯子怎么会动。"

大长老依旧不信，指着棋盘边上的糕点说："可是这盘子里的糕点怎么少了一块？"

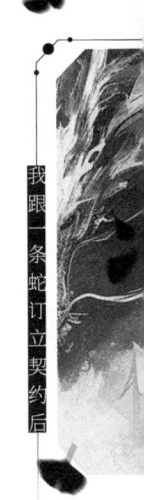

崇絮微微一笑，答道："我吃的。"

藏在衣袍下的手指却不轻不重地扯了下谪渊的尾巴，谪渊差点嗷叫出声。

修缮梧舟峰也不过耗了半月的时间，主要还是大长老总说自家院子里的仙丹草药被崇絮偷吃了，忙让弟子们加紧速度，以期早日送客。

待梧舟峰修缮完成后，崇絮又重新回到了修雅堂。

他看着空落落的院落，想起那天在那片祭坛废墟里，尘埃落定时，溯之心如死灰地看着他，沉默了片刻后，又不抱期望地问："师尊，你现在还恨我吗？"

崇絮没有回答。

溯之仿佛也知道了答案，虚笑了一下，最终停止了呼吸。

他一直紧握着的手垂落在地，手心里还攥着那块当年未曾送出去的玉石。

至于槐灯，数千年的修为耗尽，变回了原本的模样，便是院落水井边的那株银杏树。

他最后消散在崇絮眼前时的模样有不甘，也有不舍，但更多的是他眼底的那番执拗，最后，他在崇絮的手心化作了一粒种子。

崇絮叹了口气，正要驱动灵力打扫院落，就见大长老气呼呼地走来，手里还捏着一条悻悻的龙："崇絮！你还说它不会动！它刚就要吃我那种了百年的雪莲！你养的这灵宠可真会吃啊！"

"不是，师叔你听我说……"

大长老直接丢给了崇絮俩锄头："要吃可以，至少得用劳作来换吧！"

崇絮拿着锄头一时不知说什么好。

待大长老走后，谪渊化成人形，小声道："他让我们干活就不怕我继续吃他的花花草草了？"

崇絮："你可闭嘴吧！你怎么就不吃梧桐舟峰的，非得吃大长老家的？"

谪渊委屈："你看看梧舟峰，也没什么能吃的……"

一阵风吹过，更是显得梧舟峰冷清至极。

崇絮沉默片刻，忽然想到了一个好主意："要不我们去找无焉？他那儿东西多。"

谪渊顿时眼睛一亮："走走走，刚好我肚子也饿了。"

远在玄诃城的无焉尚不知道自己将要面临什么，若是他此刻知晓，一定会大喊一声："你们不要过来啊！"

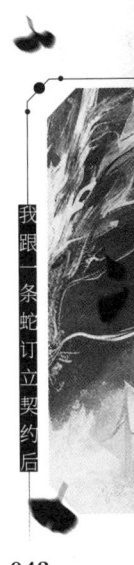

多疑谨慎"龙傲天"
×
八百个心眼宿敌

当时的他还没有想到，自己和萧亓绝的恩怨还远远没有结束。

『龙傲天』和我一起重生八十一次

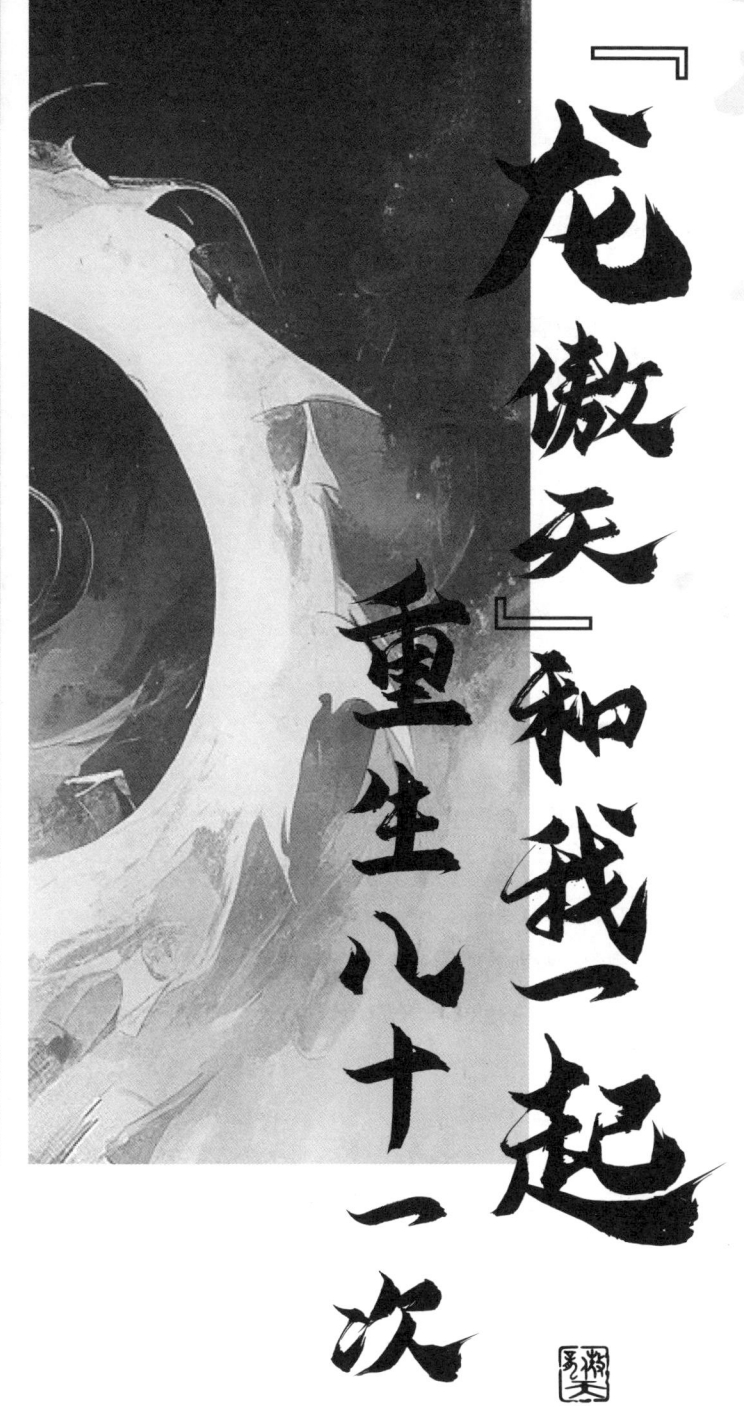

"龙傲天"和我一起重生——

八十一次

文/偃葵子

永远热爱写爱、希望与勇气的故事,偶尔也会搞怪。

|00|

作为"龙傲天"的宿敌,我重生了八十次,每一次都会被他的拥护势力干掉。

我不信邪,每次重生都卷生卷死,势必要改变我的命运。

却没发现,"龙傲天"看向我的眼神越来越不对劲。

这是我第八十一次重生,我一定要改变结局!

|01|

迎客峰流觞阁里熙熙攘攘,来往之人皆是宛城有头有脸的人物。

此刻他们嘀嘀咕咕,所言皆是同一件事。

"喂……发现了吗?近些日子宛城突然守备森严,城里多了许多玄甲铁卫。"

"是啊是啊，往日负责城防工作的只有银甲卫，这是哪方的大人物到宛城了？"

"大人物？那确实也可以这么说，其中之一是先皇后所出的九皇子，靠着十战十胜的军功获得燕北封地，就连淳武侯和太傅都夸赞他是天降吉星！"

"其中之一……那另一个呢？"

"另一个是淳武侯之子，母亲是胡姬的……蓝小侯爷。"

众人崇拜的眼神瞬间变得鄙夷，开始窃窃私语。

"那不就是……当年宛城的那个小杂种吗？"

"嘘！慎言！"

不怪他们如此变脸。宛城是边境重城，谁家没几个胡人奴隶、胡姬美人？在中原人眼里胡人是蛮子，金发碧眼的胡人地位更低。

蓝小侯爷，刚好继承了胡姬美人的金发碧眼和雌雄莫辨的容貌，更让他人瞧不起的是，他还是个私生子。

"只是谁能想到啊，那么卑微的出身，都能走到如今这个地位……"

窃窃私语不绝于耳，蓝亚却已经习惯了。

能这么快爬到如今的地位，是因为他已经重生了八十一次。

重生这么多次，他才逐渐知道这个世界的天命之子是萧亓绝，而自己则是天命之子的宿敌，最终只会被萧亓绝的拥护势力干掉。

所以他只能一次次疯狂培养势力，争夺权力，只为改变自己的结局。

这是他离成功最近的一次，因为他已经做足了准备，要在今日将萧亓绝拿下！

既然逃不开为萧亓绝作垫脚石的命运，他不如擒贼先擒王。

"五弟，该通知的人已经全部准备好了。"宋知涯在他身后靠近，悄无声息地动了动唇，"只等雁哨信号。"

蓝亚点点头，回头看向自己的三哥。

他有着和自己截然不同的发色和瞳色，但眉眼间依稀能看出相似的地方。蓝亚的眼神柔和下来："若是发现不对劲，一切以保全自己为上。"

三哥和自己同父异母，却是他被接回淳武侯府后的第一个朋友，他们的母亲同样地位低下，也都被其他房的嫡庶子们欺辱。

因为这份同病相怜，蓝亚得到淳武侯的青睐后，最信任的人依旧是三哥。

想必每次死后都是三哥替自己收的尸，而可恶的萧亓绝一定只会拍手称快。

正这么想着，蓝亚就看到萧亓绝和记忆中每次重生前一样，从流觞宴的主座上走下来，端着酒杯走向自己。

而自己，每次都会挑衅一句——

"九殿下，多年未见，你还没死啊。"

周围突然响起很多咳嗽声，听到这句话的人纷纷倒吸一口凉气。

萧亓绝却绷着脸一言不发，蓝亚察觉到了一点不对劲。

严冬即将来临，萧亓绝穿着黑色大氅，一枚黑曜石扳指戴在拇指上，闪烁着幽深的光，眼神也如同黑曜石一般，仿佛穿过了数不尽的刀光剑影，刺破了被烟尘掩盖的敌视过往。

被那双仿佛在一点一点确认自己身份的眼睛凝视着，蓝亚只觉得分外古怪。

蓝亚怎么也没想到，这次萧亓绝招呼都不打一声，直接对着左右吩咐："拿下他。"

02

在蓝亚的认知里，他们上一次见面还是在九年前的宛城。那时候皇权式微，蓝亚为了避开淳武侯的锋芒，隐姓埋名到了宛城。当时的他还是一个胡人仆人的孩子，两人在宛城结下梁子，之后他被淳武侯接走，萧亓绝也被皇帝召回。

这一次，他们两人同时被派往宛城，争抢以宛城重镇为中心的整个西野地盘。

萧亓绝看着这张依旧张扬的脸，冷笑一声。

多年未见？

在旁人眼里，他们确实多年未见。但事实上，萧亓绝睁眼前才刚看见蓝亚的尸骨被埋进土里。

他忍受了这种情况足足八十次！他总以为，只要不被发现破绽，陪着蓝亚演戏，哪怕让他得偿所愿一次，这场轮回就会结束。

但是不论自己如何避免，每次蓝亚都会被拥护自己的势力杀死。

党争也好，树敌也罢，每一世的历程千变万化，结局却永远不变。

如果结局只有一种，那自己为何不先下手为强，把蓝亚控制起来？

"蓝小侯爷在宾客里安排刺客，让铁卫包围流觞宴，意图将在座所有人控制住，从而控制宛城。"萧亓绝冷笑，"可惜，你碰到了我。"

蓝亚只觉得他的眼神让自己浑身起鸡皮疙瘩，他按捺住心中想法，皮笑肉不笑道："九殿下疑神疑鬼也要有个度，没有证据

就想污蔑我？"

一边说一边在身后悄悄对着三哥打了个手势。

"试试不就知道了。"萧亓绝身边的大内密卫朝着蓝亚走过去，他本人则负手而立，"不怕一万，就怕万一，试试你总没错。"

蓝亚在心里暗骂，总觉得萧亓绝在自己重生后的每一世都要更加谨慎，如今已经谨慎到了一个相当变态的程度，这正常吗？！

看到蓝亚的手势，宋知涯当机立断吹下雁哨，声音响彻山谷。

玄甲铁卫从四面八方出现，似乎早已埋伏多时，一举要将流觞宴上的所有达官贵人全部拿下。

是的，蓝亚谋划多日，从得知这场宛城特有的流觞宴开始，就打算将这场宴会变成一场鸿门宴。

当然，更重要的还是九皇子萧亓绝。

蓝亚的手缓缓翻转，为了麻痹敌人，他没有带特别显眼的武器，只带了一把短剑，贴在自己皮肤上，森冷的寒气侵袭着体温。

他的刀疤脸护卫已经冲上去迎战密卫，但是对方有两人，显然撑不了太久。

短剑瞬间挥出，却不是朝着萧亓绝而去，而是将挡在自己面前的几个九皇子的银甲卫逼开。

蓝亚不会让自己被萧亓绝纠缠在此处，他要逃出去，而九皇子会成为瓮中之鳖。

两匹马随哨而来，蓝亚和宋知涯飞身上马，也就是这时，蓝亚借着高度优势，看到了铁卫外围正包围过来的银甲卫。

可恶！

蓝亚没想到，萧亓绝居然警惕自己到了这个地步！

他暗骂一声，掉转马头，对宋知涯道："三哥你去吊桥接应，我去拦一会儿！"

03

看着蓝亚掉转方向，萧亓绝才终于吐出心中的那口郁气。

"齐五，分一半银甲卫去追宋知涯，不能让他们把太守和知州带走。"他冷声吩咐。

和刀疤脸护卫打在一起的齐五应一声，将人猛地踢出去，随后也飞身上马："我这就去！"

"齐一，让一个小队去吊桥。"萧亓绝露出微笑，唇色鲜红得仿佛渗出了血，"不要让任何人走出这里，如果有人硬闯，就砍断绳子。"

齐一沉默颔首，也从打斗中脱身，骑马飞身而去。

蓝亚骑术了得，胡人骨子里的天赋让他在山林里也能御马如飞，冲散银甲卫的包围圈。

同时他手上的短剑也瞬间挥出，只听惨叫声一片，随后数名银甲卫被马撞飞。

蓝亚刚冲出一条小路，瞬间，身后就传来急促的马蹄声。

蓝亚看也不看，反手提剑拦截。

"铛——"

短兵相接，蓝亚凌厉地回眸，和萧亓绝寒若坚冰的眼神对上。

"快走！"

不知是谁招呼一声，铁卫瞬间冲了出去，蓝亚也适时迎上萧亓绝。

"九殿下，看来当年宛城一别，小孩间的恶作剧已经变成宿怨了。"蓝亚嘴上说着遗憾的话，视线却如刀锋般锋利，下手也毫不留情。

"确实是宿怨。"萧亓绝心头压抑着一把火,"别人不知道你神鬼莫测的能力,但我却知道,西野兵祸、燕北岁贡失窃、玄铁卫易主……哪个不是你的手笔。"

这些都是蓝亚为了上位的手段,没什么奇怪的。

同样的事,萧亓绝来做就被夸成足智多谋,他蓝亚来做就被骂成灾星。

八十次失败的耻辱深深钉入蓝亚的脑海,他想起了很多,包括每次和萧亓绝针锋相对、相互博弈的事件,两人各看彼此不爽,甚至连路上相遇都要冲上去寻个由头打一架。

只要和萧亓绝碰上,他永远都会输,包括他的结局——皇帝驾崩前夕,两派同时发动宫变,他永远是第一个被花式斩草除根的。

利刃的寒光闪过,蓝亚澄澈的蓝眸比之前更加冰寒,另一只手悄无声息地抽出短匕,狠狠扎在萧亓绝骑的马的脖子上。

马吃痛后前蹄高高扬起,发了狂似的要将萧亓绝从背后甩下去。

但天命之子就是天命之子,都这样了,居然还能被他寻到空隙——萧亓绝踩着马背一跃就跳到了蓝亚的马上,和他近身搏斗起来。

"蓝!亚!"萧亓绝制住他的双手,声音从齿缝中挤出,"你今天必须要留在这里!"

蓝亚大怒:"这句话也还给你!"

"铮——"

一声清脆的剑鸣。

04

马匹在一旁焦急地踱步，宋知涯站在吊桥旁，看着悄无声息的树林深处，有些走神。

这次宛城之争，淳武侯势在必得，所以蓝亚跟淳武侯打赌，半个月内可以把这块地盘咬下来。

如今淳武侯权势滔天，控制着体弱多病的四皇子，即使日后四皇子登基也将如同傀儡。太傅虽然势弱，支持的大皇子愚笨无能，但他掌控着富庶的上阳地区，在朝廷上和自己的派系遥相呼应，是淳武侯的心头大患。

蓝亚算是淳武侯在地方上的唯一希望，虽然他是个极难掌控的棋子。

宋知涯知道，蓝亚这一次绝对会立功，所以才跟了过来。

虽然他们两人同为身份低微的庶子，但宋知涯做不到像蓝亚那样锋芒毕露，他甚至不敢和九皇子对上，而蓝亚却敢，因而父亲对他委以重任。

宋知涯知道自己唯一的作用只是听话而已——有些事他人微言轻，也不是他能控制的。

当树林深处传出马蹄声，山林里腾起烟尘，宋知涯也搭弓，和身后提前埋伏在此的铁卫一起，将箭矢瞄准对面。

于是便刚好出现这一幕——

一队银甲卫在他前面飞驰，举起战刀朝着吊桥砍去，却被对面飞来的箭矢射落马下。

蓝亚在其之后紧咬不放，在箭矢的掩护下寻找间隙。他好不容易甩开萧亓绝，只要不让萧亓绝过桥，他想回宛城只需要绕路

三日即可。

这三日，足够让宛城彻底易主，但前提是，他能在萧亓绝追上之前过桥。

蓝亚朝着吊桥策马狂奔，半路上腾空而起，一脚踩在马背上，堪堪踩上桥绳。他一咬牙，打算狠心将自己这头的吊桥砍断，拉着绳子荡下去。

然而萧亓绝再一次突破箭矢的掩护，冲到他面前，朝他迎面就是一掌。

劲风让蓝亚心头大震，下意识控制着自己急退避让。

这一避让，萧亓绝就和蓝亚一起踩上了桥，就算他割断绳子，也没办法将人彻底留在这里了。

太卑鄙了！

萧亓绝的架势让他胆战心惊，前八十次重生对方都没疯成这样！

"你有毛病吧！"蓝亚破口大骂，在桥中央和萧亓绝短兵相接，"怎么这么难缠？！"

"不把你留下来，难道又放任你去给我添堵？"萧亓绝目含煞气，"你为什么不能乖一点，好好活着不要找死呢？"

蓝亚："……"

太邪门了，他居然在天命之子口中听见了七分关心三分欠打的话。

短剑压在萧亓绝脖子上，蓝亚惊疑不定："你说这句话是什么意思？"

怎么听起来像是萧亓绝知道自己未来会遭遇什么一样？

而吊桥对岸的人也在发生争执。

宋知涯打算把桥绳砍断，却被刀疤脸护卫提刀挡住。

"三少爷，这是什么意思？"刀疤脸护卫扯了扯嘴角，显得横跨面部的刀疤越发狰狞。

宋知涯深吸一口气，坚持道："五弟说了，不能让九皇子通过吊桥。"

"但是小侯爷还在桥上！"

宋知涯狠狠咬牙，寸步不退："蓝亚说了，决不能让九皇子过来。"

"但是小侯爷还没过来！"刀疤脸护卫面色难看，"你想让主子葬身谷底吗？！"

宋知涯浑身一震，手突然一松，沉重的刀缓缓落下。

刀疤脸护卫反应慢了一步，怎么也没想到对方居然突然松手，立刻惊愕地冲过去拦截。

桥绳虽然结实，但这把刀由锻造大师铸成，削铁如泥，几乎是碰到桥绳的瞬间，桥绳就整整齐齐断开。

"拉住绳子！"

正在桥中央的两人突然感觉脚下一空，蓝亚惊愕回头，看到了站在桥边、满脸无措的宋知涯。

05

蓝亚昏迷的时候，居然久违地梦到了自己早已忘记很久的事。

他梦到自己刚来宛城那个冬天。母亲去世后，他来宛城找父亲。

他跟在一辆富贵人家的马车后满怀期待地走入宛城，但是父亲的仇人居然比他父亲先一步找上了他。

那时的萧亓绝在宛城隐姓埋名，也许是注意到蓝亚和淳武侯相似的容貌，为了防止他将淳武侯引来，想率先将其控制在自己身边，于是带着护卫找上门来。

蓝亚被包围住后，低头开始抽抽搭搭，一边哭着说自己从没见过自己父亲，一边朝着萧亓绝走去，猛地将手里的木楔扎入萧亓绝坐骑的脖子。

骏马嘶鸣一声，将蓝亚踢了出去，蓝亚一个翻滚借力，离开了萧亓绝护卫的包围圈。

太爽了，那是蓝亚第一次见到高高在上的天之骄子被马摔飞。

第二次两人见面，是在花灯节游船上，萧亓绝将蓝亚威逼到了自己的小船上，打算靠岸后将人带走。蓝亚嘴里依旧说着可怜兮兮的求饶话，下手却毫不含糊，不仅自己跳了湖逃生，还弄翻了萧亓绝的船。

蓝亚一辈子都忘不了，当时两人在水里互掐的场景，双方眼睛闪烁着的都是敌视的光。

梁子就这么结下了。

但当时，他还没有想到，自己和萧亓绝的恩怨还远远没有结束。

这场恩怨甚至连死亡也掐不断。

"你为什么不能好好活着，不要找死呢？"

一句话，如同惊雷将蓝亚从梦中炸醒，他满头大汗地醒来，一个让他心惊胆战的猜测逐渐显现在脑海中：萧亓绝难道是做梦的时候看到了自己上次的死亡？

这不算毫无根据，毕竟他自己都绑定了重生这个"金手指"，另外也见过不少诡谲之事，作为天命之子的萧亓绝凭什么不能梦有所感？

也正是这时，蓝亚才发现自己躺的地方不对劲。

他没有摔到悬崖下，反而被一棵遒劲的树给半路拦了下来。

而且他一睁开眼睛，一只手就捂住了他的嘴——是可恶的萧亓绝的手。

在蓝亚怒视过去的时候，萧亓绝也瞪了回来，在嘴上比了个嘘的手势。顺着对方的视线，蓝亚慢慢偏头，朝树底下看去。

一群野狼，正躺在树下小憩，只有一只负责警戒的狼在四处张望，此刻正不经意地朝他们所在的方向看过来。

{06}

感谢老天，感谢神仙，让蓝亚在大难不死之后和讨人厌的混蛋一起猥琐地藏在摇摇欲坠的树上，跟一群饥一顿饱一顿的野狼玩一二三木头人，这可太有意思了！

虽然蓝亚很想把萧亓绝踹下去，但是很显然他俩谁也没办法独自逃生，想必也正是因为这一点，他刚醒的时候萧亓绝的动作才是捂住他的嘴，而不是给他一脚。

萧亓绝用眼神示意蓝亚去掏腰间的匕首，又指了指正在警戒的狼。

蓝亚明白萧亓绝的意思，但是这同样有风险。如果自己没能一击必杀，其他狼都会被惊动到，他还会失去自己的武器。

所以蓝亚警惕地摇了摇头，用唇语问出自己最着急想知道的问题：你做白日梦梦到我死了？

萧亓绝冷笑一声，被压下去的火气又冒了起来。

白日梦？他倒真希望是白日梦。

萧亓绝一脚把蓝亚踹了下去，蓝亚瞬间痛骂出声，眼疾手快

地拉住他的衣角。

两人瞬间陷入狼群的包围里。

二十多只狼,个个目露凶光。

放在平时,这二十多只狼对他们来说都不足为惧,但现在两人都刚从悬崖上摔下来,蓝亚断了肋骨,呼吸都仿佛带着血腥味;萧亓绝更不方便,膝盖被一截木头扎穿了。

"这就是你把我踹下来的下场!"蓝亚和萧亓绝背靠背站在一起。

"怕什么。"萧亓绝冷冷道,"大不了一起进狼肚子里包饺子。"

蓝亚满脸疑惑地回过头:"九殿下你终于疯了?"

"我要是疯了,早把你踹下来了。"萧亓绝掐着他的脖子,"你要是老老实实当个普通人,不参与党争,不参与宫变,根本不用死!"

蓝亚心神剧震,萧亓绝承认了!他真的知道!

然而一阵腥风袭来,两人瞬间分开,蓝亚感受着呼吸里的血腥气,眼神一沉,将匕首刺入狼口中。

"你这么激动干什么!"蓝亚扬声道,"就算我不和你作对,你能放过我吗?"

不会,萧亓绝咽下一口血。

如果真有机会,他会选择把蓝亚的腿打断然后把他关起来。

因为蓝亚太能搞事了,八十多次重生,根本没有休息过,永远奔波在搅弄风云的第一线。

萧亓绝不知道他为什么这么热衷于争夺权势,但是知道自己现在在想什么。

八十一次重生,算起来有上百年时间。

萧亓绝反复目睹蓝亚的死亡,为他收尸后,还要再回头若无其事地演戏。

八十一次已经是他的极限，既然摆脱不了重生与死亡，那就从一开始，改变这场戏的开局。

狼已经杀完，但两人依旧没有停手。如今一个人谨慎过头，根本不信任对方；另一个人仿佛根本不需要休息，只想着抓紧一切时间完成计划——他们根本和平共处不了多久。

萧亓绝突然说了一句："你不想知道宋知涯为什么要背叛你吗？"

蓝亚的手一抖。

"你不想知道究竟是哪方势力杀的你吗？"

句句戳心，蓝亚咬了咬牙："我当然想知道……"

但是自己树敌良多，谁都有可能，眼前这人就有最大的可能。

而且三哥为何要如此对他？就这一恍惚的瞬间，萧亓绝瞬间反杀，刀柄用力敲在他的后颈上，蓝亚瞬间软倒下去。

萧亓绝大口呼吸，热气在空中凝结成水雾，一点冰霜凝结在鼻尖上。

要下雪了。

腿上的伤还是很影响行动，萧亓绝左右看了看，决定找个东西先将木头取出来。

然而就是这一瞬间的掉以轻心，他忽略了背后的动静，被更重的力道击在后颈上。

这一下让萧亓绝实打实被打晕了过去。

蓝亚捂着后颈，痛得眼睛都红了，居高临下地看着昏死过去的萧亓绝。

"但是……我能自己去找答案。"

07

离开之后,蓝亚逐渐冷静下来。

醒来后发生了太多事,容不得他停下来思考,现在一个人走在路上,才逐渐意识到一个很严重的问题。

现在几乎可以确定,上一次宫变后,萧亓绝和自己一起重生了。

可他是只重生了这一次,还是许多次?

这个答案只有萧亓绝自己知道。

细小的雪花纷纷扬扬,不一会儿蓝亚的眼睫上就沾满了雪。他心一沉,加快了脚步。

雪下大以后他要面临的危险不只是深山野兽了,因为他们跌落的地方太深,所以还有大雪封山的危险,到时候冻死的可能性会更大。

如果萧亓绝死了,那只能说是天意。

蓝亚抹了一把脸上的雪,脚步却越走越慢。

萧亓绝死了,对他没有坏处,反正自己都死了不止一次了,没道理要让着他。

但野狼的尸体还有血,可能会引来其他野兽,雪很难掩盖住气味……

蓝亚逐渐停下脚步。

这是他离成功最近的一次,他有预感,只要萧亓绝死在这里,他不断重生的命运也会结束。

他会成为新的天命之子,他的谋略不输萧亓绝,只是差点运气。

可这次的意外同样让他耿耿于怀，萧元绝知道一切……

蓝亚停在原地，仿佛在做一个人生中最重要的决断。

丛林里一只鹿跳了出来，鹿眼里流露出幽幽的光，又飞快逃走。

肯定还有别的机会可以赢过萧元绝，何况自己还有很多疑问没得到解答。蓝亚转身，循着来时的方向走了回去。

不一会儿，他的头上、肩上落满了雪，地上也覆盖了薄薄一层白色，踩上去留下一串脚印。蓝亚找了一会儿，才在几个白色的小丘间把萧元绝从雪里翻了出来。

"我肯定是太善良了，才会倒霉碰上你！"对方看起来还昏迷着，蓝亚只好一边骂一边将他背在自己背上。

然而刚将他放到背上，蓝亚瞬间感觉搂着自己脖子的力度收紧了。

"你在装昏？！"

为了让自己放松警惕，他居然在雪地里装了这么久！

萧元绝的声音幽幽地在耳边响起："你要是敢把我甩下去，我就掐死你。"

蓝亚冷笑一声，随即就要一肘顶过去，却被萧元绝勒得无法呼吸。

"好好好！休战！休战行了吧！"

萧元绝这才松开手："我的腿走不动，你要是不想跟我死一起，就送佛送到西吧。"

[08]

风雪逐渐变大，蓝亚脸色漆黑，背着"拖油瓶"，嘴里的血

腥味更浓了，呼吸都使不上劲。

萧亓绝全身滚烫，腿还在流血，之前和狼搏斗时的伤势加重了。

这条雪路让萧亓绝想起了一个非常相似的场景——

很多年前，前往宛城的那个冬天，他的马车后跟上了一个金发碧眼的小尾巴。

他知道，雪夜的山路上没有光，小孩是靠着马车的光辨认方向，而且冬天的山里有野狼，跟着一个庞然大物，野狼就不太敢靠近。

也许是在警惕马车上的人，小孩没有求助，只是远远跟着。

萧亓绝吩咐车夫将马车的速度减缓下来，让小孩不至于跟不上。

他想，即使后来两人的矛盾越来越激烈，自己也从没想过真的下死手，恐怕是因为他从没忘记那个小尾巴吧。

他们还算幸运，在路被雪封死之前，就顺利走出了深山。

快看到宛城的时候，蓝亚停了下来，没有继续靠近，因为他无法确定自己失踪的这两天城内局势如何。

远远地，可以看见城墙上守卫森严，但是看不出是哪一方的守卫。他希望是自己人。

"万一来的是你的人，我就把你当人质。"蓝亚冷笑一声，从怀里拿出雁哨。

"你最好等会儿做的比说的更英勇。"萧亓绝依旧有力气冷嘲热讽。

清越的雁哨声响起，越过长空。长久的死寂后，另一处雁哨声终于响起。

一声，两声，三声。

是三哥宋知涯。

蓝亚一抬头，发现一队玄铁卫出现在了路的尽头，目标明确地朝着这个方向而来。

"看来是我略胜一筹。"提着的心稍微放松下来，但蓝亚依旧没有舒展眉头。

三哥……

"蓝小侯爷。"萧亓绝突然开口，"有时候谨慎点没有坏处，多一手准备多一条退路，这点你该学学本宫。"

这次他难得没有听到蓝亚反呛。

蓝亚手里拿着雁哨，似乎陷入了纠结，但最终还是将雁哨再度放在唇边，吹响了第二个暗号。

这是他和亲信联络的暗号，有两个含义，一个含义是表明自己身份，所有跟着他的人都知道；另一个只有亲信知道，他甚至没告诉过宋知涯。

宋知涯和一队玄铁卫赶来，一见到蓝亚，宋知涯就从马上翻身下来："五弟！"

他紧张又无措地看着蓝亚，手缓缓握紧："之前我……不是有意……"

"之后再提这件事。"蓝亚打断他，"现在城内情况如何？"

宋知涯抬头，缓缓露出一个笑："已尘埃落定。"

09

对于蓝亚带着萧亓绝回来的事，没人多说什么。

如果宛城依旧如他意料中那样被掌控，那萧亓绝活着还是死

了都没有区别,何况萧亓绝还是皇嗣,不到万不得已,没人想真的背上杀皇嗣的罪名。

蓝亚感到奇怪的是另一件事,萧亓绝的那两个大内密卫不见了。

玄铁卫或许可以控制住九皇子的银甲卫,但齐一和齐五武功高强,无人可敌,自己踏入宛城的时候,按剧情他俩应该已经过来抢"人质"了。

"喂,拖油瓶。"蓝亚对身后的人开口,"给你个选择吧,你是想回九皇子府还是跟我回侯府?"

可恨啊,为了把萧亓绝带回城,两人只能共骑一匹马,鬼晓得萧亓绝居然比他高一大截,坐他面前结结实实一挡,自己路都看不见!

在把萧亓绝削成平均身高和让他下马走路之间,蓝亚选择屈辱地坐在了前面。

"侯府或许忙得很,没有给我医治的地方。"萧亓绝低笑一声,懒懒道,"叫人送我回九皇子府吧。"

趁无人发觉,他压低声音,快速在蓝亚耳边说了几个字。

蓝亚瞳孔剧缩。

"感谢小侯爷的不离不弃,后面的路就不用送了。"萧亓绝翻身下马,另一辆马车已经在等着了,"想必不久之后,本宫就能上门拜访。"

他下马的身姿很是潇洒从容,蓝亚忍不住一脚踢向他受伤的那条腿。

萧亓绝早有防备地躲开,让对方扑了个空:"呵呵。"

"等一下。"蓝亚的声音让萧亓绝背影顿住。

"你替我收了几次尸?"

没头没尾的话让旁人摸不着头脑,只有萧亓绝明白他的意思。
"别着急,很快就会告诉你。"他勾了勾唇角,径直钻入马车。

10

马鼻喷着热气,蓝亚控制着焦躁的烈马,回头对宋知涯冷淡道:"走吧,不是着急吗?"

宋知涯看了他一眼,点了点头。

蓝亚趁着所有人都往前走时,悄悄按了按自己的腰侧。肋骨断掉的地方还在痛,但似乎没有扎进肉里,他也能勉强不露馅。

经过这两天的折腾,他已是强弩之末。

平日热闹的街市,今日稍微有些冷清,寒风吹过,路上的人更是抓紧衣服,匆匆行远。

侯府是蓝亚起居的地方,是他来宛城这几天新购置的,毕竟日后这儿成了自己的地盘,也需要一个常住的地方。等他条件足够自立门户的时候,他会将之改为蓝府。

此刻侯府大门敞开,门内空无一人,门外却更热闹一点。

宋知涯了看停下的蓝亚,又看着包围过来的一队陌生玄铁卫,对蓝亚道:"五弟,你这是……什么意思?"

蓝亚深深地叹气:"陈靖。"

"在!"

刀疤脸护卫从高处一跃而下,将手中已经昏迷过去的玄铁卫扔到地上,单膝朝蓝亚跪下。

"三哥,你真有能耐。"蓝亚此刻一点笑意都没有,脸色冰冷得恐怖。

就算他和讨厌的萧亓绝起冲突时,都是笑着的,但此刻,他

却一点也笑不出来。

"我只失踪短短两天,你就让玄铁卫改姓宋了,真了不起。"蓝亚的心一点点冰冷下去,"你是故意砍断吊桥,故意让我掉下去的吧。"

宋知涯被压着肩膀,声音颤抖:"我……不是的……"

蓝亚深呼吸。

他怎么也想不到,前八十次重生,他都没有发现宋知涯的真面目,反而一直将他当作自己的亲哥哥看待。

如果自己没有提前留个心眼,让陈靖优先保全一队自己的亲信,现在被动的就是自己。

"为什么?"蓝亚不解道,"我有做什么对不起你的事吗?若你想要这次的功劳,我可以给你,但你甚至没和我说过为什么,就想要我的命?"

宋知涯眼见无法辩解,慢慢低下头。

"五弟啊……"宋知涯幽幽道,"你总是自以为和我同病相怜,你对我伸出援手,我就理所当然该感激你。"

"确实……你来淳武侯府的第一天,勇敢地救下了被大哥欺负的我,我真的以为你会成为我的战友。

"但是凭什么,同为庶子,你可以和大哥他们翻脸,你可以得到功勋,甚至最后得到父亲青睐?

"为什么大家都看不见我?!"

蓝亚的指甲深深嵌入手心:"原来你一直这么想。"

他从未收敛锋芒过,被接到淳武侯府的第一天,蓝亚的确路见不平,和正在欺负宋知涯的大哥二哥打了一架。

之后是宋知涯帮他处理伤口,还分给他一半的院落居住。再之后很多很多年,他的小伤一直都是宋知涯帮他处理,他以为,两人就算不是知己，也是盟友。

"我身上有胡人血统，因这副相貌也受过许多打压。"蓝亚的声音从齿缝里挤出，"对，我生来就是一些人的对照，他们事事顺利，有得天独厚的宠爱和运势，我只能从底层爬上去，总是机关算尽一场空。如果不想被别人看不起，就要踩着所有人，比他们站得更高，我以为你是最理解这些的！"

宋知涯看着蓝亚的眼神带上了一点恨意："所以你会去改变自己的命运，但我不行。我在侯府的作用，只是听话罢了。"

"你听谁的话？"蓝亚厉声质问。

宋知涯没回答，反而笑了一声，好心道："五弟，你快逃吧，你是斗不过他们的。"

一个猜测伴着府内传出的掌声冒了出来，蓝亚流了一身冷汗。

"许久未见，我的孩儿依旧风采不凡。"

11

蓝亚肋骨发疼，头晕目眩。他怎么也没有想到，淳武侯会在这里。

朱红大门敞开，幽深的中殿门后，亮起一簇烛火。

淳武侯夹着一颗棋子坐在棋盘前。岁月在这个中年人脸上留下了风霜，却并没有掩盖他的气宇轩昂，单看外表，丝毫想不到他是一位搅弄风云的权臣。

"蓝亚，怎么不进来？"

分明是一幅有些温馨的画面，但蓝亚的手却开始发抖。敏锐如他，几乎立马就猜到淳武侯出现在此处意味着什么。

几刻钟前，萧亓绝压低声音，在他耳边快速道："四皇子病逝。"

而淳武侯派系支持的就是四皇子。

原本在蓝亚的记忆里，四皇子病逝应该是一年之后的事，他会逼宫失败，吐血病亡。

虽然不知道出现了什么变故导致四皇子提前病逝，但淳武侯出现在此处，意味着他和萧亓绝达成了某种共识。

这两人，站到了同一队里，这也就意味着，他可以舍弃蓝亚来摘取他的胜利果实了。

宋廉淳看着骑在马上的蓝亚，忍不住感慨。

这是他最满意的儿子，不论城府、气度还是性格，或许不像自己年轻时候，但一定是年轻时的自己最想成为的模样。

这也是他的一柄双刃剑，蓝亚因为自己母亲的死而和他心有隔阂，刀尖刺向敌人的同时，也随时可能刺伤他。

与出身无关，如果要在自己孩子中选一个继承衣钵，宋廉淳只会选择蓝亚——即使他不愿意随自己姓。

但是，如果要在自己孩子中选一个放弃，他也会选择蓝亚。

"蓝亚，你比他们都聪明，知道我要取走什么。"宋廉淳温和地笑着，仿佛一个慈爱的普通父亲，"这些日子辛苦你了，接下来，你可以休息了。"

说罢，他手一松，夹在指间的黑棋便落到地上。

[12]

蓝亚冷冷一笑。

他脸上已经丝毫看不出被至亲背叛产生的情绪，即使他现在内心的痛已经盖过了肋骨断裂造成的疼痛。

"我早该知道。母亲去世前这么多年你都对她不闻不问，因为你就是个人渣。"

短刀骤然出鞘，他扭身后劈，将一个在背后暗中偷袭的敌人挡下，骏马受惊抬蹄，将另一侧的敌人踢飞。

眨眼间，身侧已经杀机毕现。

淳武侯府有一队自己的精锐，由淳武侯亲自培养，除了淳武侯以外任何人都无法调动。

他们就像兵器一样，不怕死，不怕流血，只要宋廉淳下达命令，就会不顾死活地冲上前，直到将蓝亚拿下。

比玄铁卫更早埋伏在侯府的精锐护卫鱼贯而出，宋廉淳悠闲地坐在护卫中央。

"不，因为你，我现在还挺喜欢你母亲的。"

策马回头，举刀劈砍，蓝亚咽下嘴里的血，只见寒光闪过，奔到眼前的敌人已经被他一刀封喉。

听命于他的玄铁卫早已被缠住，一伙人和刀疤脸护卫战在一起，宋知涯站在一旁，眼神复杂地看着他。

如今蓝亚已经全然不信任他了，防备着他在背后放冷箭，却不曾防备从天而降的偷袭。

骏马哀鸣一声，轰然倒地，鲜血四溅。

一个如熊一样强壮的战士冷冷地压在上方，手里拿着与他身形极其不符的古怪三节棍，三节棍缠绕在蓝亚脖子上，一点点剥夺着他的呼吸。

蓝亚拼命抓着三节棍，想从中挣脱。

可恶，如果不是他受伤太重……

"不要怪为父，烛火之光岂能与日月争辉。"宋廉淳怜悯地摇头，"如今，本官有九殿下相助，何须再要一个不忠不义的兵器呢？"

"这样的诚意,九殿下还满意吗?"

又是……萧亢绝……

周围不知道什么时候安静了下来,蓝亚嘴边淌出血,艰难地移动视线,看向不远处。

一辆熟悉的马车远远停在路口,但他看不见里面的人。

之前消失的两个大内密卫,齐一和齐五一左一右站在淳武侯身边。

"侯爷。"其中比较冷淡的齐一开口,语含威胁,"您应该没忘记,殿下要活的。"

淳武侯沉默半晌,只能遗憾地开口:"停手。"

那战士立刻松开手,蓝亚的手无力滑落,已然昏死过去。

13

这次昏迷,蓝亚都不知道自己躺了多久。

疲惫和杀意如潮水般淹没了他,他感觉自己身体忽冷忽热,眼前一会儿是宫墙外朝他策马飞驰的萧亢绝,一会儿是他躺在混着雨水的土地里,被一双同样冰冷的手扶起来带走的画面,一会儿是宋知洭看向他愧疚却妒恨的眼神,一会儿是以淳武侯为首的无数影子,指着他声如洪钟:"烛火之光,敢与日月争辉,不自量力!"

混沌的脑海里,一个明黄的人影从跪在地上的自己身旁走过,猎猎的风扬起锦披,那人走向那些影子。

他没有回头,那些影子们朝着他单膝跪下,颔首臣服。

不是的。

蓝亚手指抠进地里,从一开始,他就只是想不再被看不起而已。

因为出身，胡人叫他杂种，中原人叫他蛮夷；他的母亲去世后回不了故乡，自己来到中原更是受尽白眼；同父异母的兄弟多次想置他于死地，害怕他抢走淳武侯的宠爱。

不论他重生多少次，居然都只有淳武侯一个人不在乎他的出身，却也是这人将自己背弃得最彻底。

是不是只有爬到萧亓绝那种地位，他才能真正摆脱过去的阴影？

一阵风拂过他的脸颊。

走向众人的明黄色影子不知何时停下了脚步，转身，朝着他走来。

瞬间即至。

"蓝亚！"

蓝亚猛地从梦中惊醒，一抬头只见一张因距离太近而放大的脸，而他的手正掐在对方脖子上。

逐渐清晰的视野里，萧亓绝面无表情地看着他，用力将他的手从自己脖子上挪开。

蓝亚尴尬一笑："我做噩梦了，你爱信不信。"

一开口，才发现自己嗓子沙哑得厉害。

"即便落于下风，态度还是一如既往的高傲，看来你精神不错。"萧亓绝冷着脸，从旁边拿过一碗白粥，舀起一勺递向他嘴边，"张嘴。"

蓝亚神情凝重："你想毒死我？"

萧亓绝冷笑一声，把碗往旁边一放。

"你昏迷了五天。"他站起身居高临下道，"在我毒死你之前，你会先饿死。"

蓝亚突然意识到，似乎萧亓绝从来没有瞧不起他，反而永远都相当谨慎地防备他，不得不说，萧亓绝比淳武侯还给他面子。

说到谨慎，蓝亚表情一僵，掀开被子去看脚上的异样。

就说怎么感觉不对劲，萧亓绝这个大垃圾居然给他上了脚铐？！

"我怎么可能让你有机会逃出去。"萧亓绝笑了，"费了我这么大力气，当然要关好。"

蓝亚沉默了一会儿，突然整个人扑过去，掐住他的脖子摇晃："给我解开！"

萧亓绝却不为所动，淡定地和他对视，从容地掌控一切。

"关于你之前问我的问题……"他抬手按在蓝亚的后颈，一用力就将他拉开了，"我现在可以回答你。"

蓝亚挣扎的动作小了下来。

"八十次，我帮你收尸了八十次。"

也和他一起重生了八十一次。

这个数字，让蓝亚彻底僵住。

"你知道是谁出卖的我？"他沙哑着嗓子问，其实心里已经有了答案。

"淳武侯。"萧亓绝无情道，"还有你最信任的三哥。"

蓝亚狠狠闭了闭眼。

怪不得他逃不出重生的怪圈，也查不出他死亡的原因。因为他想不到宋知涯会一直在背后使坏，也想不到宋廉淳会在放手一搏时，还将自己出卖给萧亓绝的拥趸，准备好退路。

他防不了背后的冷箭，也低估了天命之子神奇的号召力。

"你既然早就知道真相，那为什么不提前除掉我？"蓝亚很疑惑，"你怕我继续重生？那也有很多办法啊，让我失去行动能力关在身边，只要保证我既不会死又不会搞事不就行了？"

萧兀绝勾起嘴角："我不正在做嘛。"

蓝亚：……

"这次宋廉淳来宛城，也是你安排的？"

萧兀绝微笑颔首："赴宴时，我派去联系淳武侯的人就在路上了。不管我们谁能回到宛城，我都立于不败之地。"

"四皇子逝世非我安排，但我也可以好好利用。"萧兀绝撒了个谎。

"你就这么都告诉我。"蓝亚冷哼一声，"不怕我下次重生有所防备吗？"

萧兀绝脸上的笑容消失了。他手上用力，盯着蓝亚的双眼："蓝亚，你是真不明白还是装不明白？"

烛火的光在幽深的眼眸中闪烁。

"没有下一次了。"他沉沉地凝视着他，"淳武侯已经把他的儿子交给我了，现在你的结局，由我说了算。"

蓝亚想挣脱镣铐却使不上劲："你什么毛病？宋廉淳呢，他又在发什么疯？"

和萧兀绝斗了这么久，没人比他更清楚如今的萧兀绝有多么多疑敏感。

他哪里是要和宋廉淳合作，他是要斩草除根啊！难道宋廉淳看不出萧兀绝要把老宋家一网打尽吗？！

"殿下，马车已经备好了！"屋外传来齐五的声音。

"在这里等我。"萧兀绝按了按他的肩膀，"我会告诉你，为什么你斗不过我。"

蓝亚沉默不语，注视着他起身，将房门咔嗒一声反锁。

随后蓝亚手腕悄悄一动，从贴着皮肤的指缝间，取出一枚薄

073

如蝉翼的刀片。

14

上次中断的流觞宴，这次借着给淳武侯宋廉淳送行的机会，终于再次举行。只是这次宴席，还是用的侯府中人的名义。

"九殿下想得周到。"淳武侯对萧亓绝微笑致意，"这次来见殿下，下官并未声张，以免打草惊蛇。"

上次流觞宴出了那么大的乱子，不少达官贵人依旧惊魂未定，只是碍于九皇子和淳武侯府的威势才被迫继续参加，心里却在偷偷猜测，神秘的侯府中人是不是指蓝小侯爷。

罢了罢了，大人物斗法，不是他们这些人可以参与的。

"原本该是侯爷的接风宴，只可惜时间仓促，准备不周。"萧亓绝颔首，"改日定与侯爷在京城再聚。"

"下官很期待。"淳武侯满意道，"也很看好九殿下。"

九皇子这般说辞，意味着回京城后，就将宣告众人他们的正式结盟。

"四殿下的事，下官也很意外。"淳武侯看似遗憾地叹气，"虽然四殿下为贵妃所出，但与九殿下关系亲密，想必九殿下更难过。"

"侯爷说笑了。"萧亓绝端起酒杯，看不出脸上情绪，"我与四哥关系一般。"

淳武侯笑着摇了摇头，却放心不少："但是下官和殿下的关系可以更加紧密。"

"淳武侯，"萧亓绝笑着打断他，"不如看看台上这场戏。"

既然是宴席，就不能没有歌舞，不过流觞宴不同，而且宛城位处西野边境，不兴歌舞，反而戏更出名，是以逢宴必有戏。

淳武侯不至于这点面子都不给他，饶有兴趣道："哦？这是哪出戏？"

"《武臣千里送天子》。"

淳武侯抚掌大笑："九殿下有心了。"

这出戏，唱的是淳武侯早年戎马时，护送天子回城一事，后续也被传唱成主仆佳话。当然，这段往事也是宋廉淳之后成为天子近臣，一路走到如今地位的开端。

淳武侯垂在身侧的手抚上腰间的牛皮，这里面是一把见血封喉的毒匕首，没有刀鞘，持续侵袭身体的寒意让他始终保持着清醒。

他并没有完全信任萧亓绝，像他们这种人，能活到现在，谁不是时时刻刻把脑袋别在裤腰带上？和九皇子表面的友善，也只不过是因为如今两人利害关系一致。

不过，既然将宝压在了九皇子身上，他自然用不到对付自己儿子的手段。

淳武侯从流水上端下来一个酒杯放在唇边，掩饰眼中的狠辣。

酒过三巡，萧亓绝和他谈了一会儿正事，才逐渐转移话题："侯爷和蓝小侯爷的母亲是在宛城认识的？"

宋廉淳失笑："九殿下对我家的事这么感兴趣啊。"

萧亓绝淡淡笑道："一个人换一个盟友和宛城，再多分享一些故事，对侯爷来说稳赚不赔。"

淳武侯转着酒杯："确实如此。下官倒也可以分享一些趣事。"

他将酒一饮而尽，接着道："当时，底下人发现宛城有一个和下官模样极其相似的孩子，便上报给下官，出于好奇，下官便亲自去看了这个孩子。

"随后下官将他带走，扔给了他的几个哥哥，告诉他如果不

想落得和他没用的母亲一样的下场，就要听话。

"他以袭击我的护卫来回应我。"

淳武侯摇摇头："九殿下，兵器虽好，却也要小心反噬。"

萧亓绝没有回答。

他想到很多次，蓝亚站在宫墙外，一边和墙上的自己遥遥对视，一边拉弓如满月，咬牙切齿地宣称："我会将他们都踩在脚下！"

萧亓绝垂下眸，眼中酝酿着不明的情绪，原来蓝亚追求的一直是尊严。

对于自己来说唾手可得的东西，对于蓝亚来说想获取却相当艰难。

"天色不早了。"萧亓绝看了看天，"我送送侯爷吧。"

淳武侯拒绝了，却也没有让九皇子太失脸面，最后他又敬了一杯酒。

"九殿下与下官结盟不会错。"淳武侯端起酒盏，朝着萧亓绝一举杯，"下官就在此提前预祝殿下，心想事成。"

"还有一事。"萧亓绝注视着他将酒一饮而尽，"侯爷可查出四哥的药膳中，多加了哪一味药材吗？"

"咳咳……"淳武侯猛地咳嗽起来，心念急转间，突然瞪大了眼睛指着他，"是你……"

"查不出来？"萧亓绝眼神冷冽，杀意暴现，"那自然也尝不出酒里多出的味道了。"

淳武侯心神剧震，猛地摸向自己腰间的匕首，一声呼哨骤然响起。

没有动静，只能听见迎客峰四周的打斗声越来越清晰，似乎他在流觞阁附近安排的护卫早已被缠住。

淳武侯眼前画面开始模糊，猛地摔在石桌上，茶杯酒盏被掀飞，巨大的动静引起惊呼。

"四皇子……是你……"

"是我。"萧亓绝握着一把匕首，先一步刺穿了淳武侯的身体，"不除掉他，怎么把你引过来。"

淳武侯眼睛充血地看着他，他怎么敢？那是四皇子！是皇嗣！

似乎知道他想问什么，萧亓绝冷笑一声。

"我怎么不敢。"萧亓绝无情地看着淳武侯滑落在地，"难道等着你们继续屯兵，一年之后逼宫吗？"

他怎么知道这些计划的……淳武侯缓缓倒下去，怒睁的双眼中似乎还有一丝不解。

不解萧亓绝为何如此狠辣无义，不解自己叱咤风云一生，为什么会死在最志得意满的时候。

萧亓绝居高临下，隐隐可见天子当年的风采。

"淳武侯爷，一路走好。"他将剩余的酒倒在淳武侯身上，点燃了一个火折子，"在另一头向本宫和蓝小侯爷谢罪吧。"

火折子缓缓落下，烈焰迅速将这个年近半百的权臣吞噬。

⌊15⌉

达官贵人们被银甲卫护着下山，由于准备充足，除了淳武侯外，无一人伤亡。

每个人回头看向着火的流觞阁时，眼中都流露出了恐惧。官场的敏锐告诉他们自己什么也没看到，但是理智告诉他们，有一个人确实永远被留在了火中。

至于是谁,他们无意探究,也无法回忆。

萧亓绝走出流觞阁的时候,守在外面的齐五松了口气。

"殿下!"

萧亓绝颔首:"淳武侯的人呢?"

齐五:"已经尽数被抓获,但是宋三公子逃了。"

"不用管他。"萧亓绝冷笑一声,"他掀不起什么浪花。"

没有蓝亚的帮助,宋知涯就什么也不是。

"九殿下英明神武,算无遗策。"齐五笑得幸灾乐祸,"终于除掉了宋廉淳这个眼中钉!"

"蓝小侯爷也不是您的对手,如今殿下已天下无敌!"

萧亓绝踢了一脚这个嘴上不把门的大内密卫。

也就是这时,一阵急促马蹄声传来。来人居然是本该守在宛城的齐一。

"殿下!"齐一翻身下马,单膝跪下,"九皇子府失火了!"

萧亓只觉脑袋里有东西嗡嗡嗡的响个不停,仿佛遭到重击。忽然他想到了自己对蓝亚放的话:"你的结局,由我说了算。"

现在他确实被自己剥夺了行动能力,无法逃脱,但如果他选择用重生来逃离掌控呢?

一想到这个可能,萧亓绝就手脚冰凉,顾不上齐五的阻拦,飞身上马。

蓝亚!

萧亓绝齿间泛起血腥味。你最好不要干什么挨千刀的事!

|16|

马还没来得及停在门前,萧亓绝就已经跳了下去,大步朝着

府内走去。

"殿下您不能进去！"齐五拦住他，急声道，"难道您看不出来，这火和蓝小侯爷脱不了关系吗！"

萧亓绝气笑了："我当然知道！"

但是……如果蓝亚没有解开脚镣怎么办？

萧亓绝冒着被倒塌房梁压到的危险冲进房间，撞开的门在地上四分五裂，而屋内燃烧着熊熊大火。

火光遮挡了他的部分视线，耳边锁链声响动。他掩住口鼻，看到了床边正急于摆脱脚镣的人影。

蓝亚果然还没逃出去！

萧亓绝拂开浓烟，大步走过去，蹲下就要用内力震开脚镣。然而一只手却抬起，咔嗒一声将脚镣反拷在了他手上。

"惊喜手铐。"蓝亚微眯双眼，像一个亮出爪子的金色波斯猫，"现在，无法逃脱的是你了。"

萧亓绝握紧了拳头，他知道自己被耍了。

"你的谨慎被狗吃了？知道是我放的火还回来？"蓝亚冷嘲热讽，"你逃不出这间屋子了，火会一点点把你烧焦，日后我站在宫墙上手握大权的时候，会记得给你烧点纸钱的。"

萧亓绝深吸一口气。

他对着蓝亚勾了勾手指，示意他凑近点。

蓝亚惊疑不定地凑过去，一声惨叫划破屋顶，差点将烈焰中摇摇欲坠的房间震碎，随后就是拳拳到肉的打斗声。

锁铐哐当一声落在地上，原来锁扣早已断成了两截，被蓝亚捏住才能假装扣在萧亓绝的手上。

头顶着火的横梁木突然掉下来，蓝亚一惊，下意识就要一脚将萧亓绝踹开，结果萧亓绝也打算将他推开，两人纷纷出手出脚，

再狠狠地滚开。

蓝亚气得拍地,真不愧是他的死对头!准备爬起来离开这个危险的地方,旁边的人却将他死死拦住。

蓝亚瞪圆了眼睛:"你想死别拉我垫背!"

萧亓绝幽幽开口:"淳武侯死了。"

蓝亚骤然安静了下来。

"我知道。"

大火安静地燃烧,就像蓝亚心里的那簇火苗一样。

他不知道这簇火苗烧了多久,也许是从他第一天踏入淳武侯府开始,也许是从他第一次被身后冷箭贯穿开始。

他突然想起,不记得是第几次重生时,淳武侯和四皇子发动宫变,当时自己被困在皇宫里,没能及时出手。

那会儿他在和萧亓绝虚与委蛇地下棋,一个人下五子棋,一个人下围棋,突然萧亓绝意味深长地告诉他,四皇子恐怕已经不是原来的四皇子了。

蓝亚知道萧亓绝打的什么主意了。

两场大火同时发生,知情者少之又少,没人知道流觞阁里死的是不是蓝亚,也没人知道从九皇子府里走出的人,究竟是不是淳武侯。

17

前八十次重生,萧亓绝有两次谨慎的尝试。

一次是第十六次重生时,秘密处理了淳武侯的三公子;

一次是第七十三次重生时,将四皇子除掉,借淳武侯之手尝试狸猫换太子。

宋知涯懦弱善妒，一手箭术却了得，能张弓退敌，也能在宫墙外瞄准毫无防备的蓝亚，十次有九次蓝亚都是死在他的箭下。

萧亓绝想知道，如果没有宋知涯，蓝亚能不能活下来。

事实是，不能。

宋知涯的重要性太低了。

即使宋知涯被自己提前处理，淳武侯派系偃旗息鼓，蓝亚还是会被急于向自己投诚的势力杀死，而淳武侯永远可以活到最后。

看不到头的轮回里，不只蓝亚在试错，萧亓绝也一直在思考，甚至因为自己不在这个死局里，他便可以跳出来分析前因后果。

他发现，淳武侯才是最重要的。

晨曦微露，火势渐熄，意图进去的人站在门口朝里张望。

萧亓绝扶着全身被斗篷包裹得密不透风的蓝亚。

脸上横贯着狰狞刀疤的护卫在门口想冲进来，被萧亓绝投去一个冰凉的眼神震住，两名大内密卫立刻上前，将其远远挡开。

刀疤脸护卫呼唤着蓝亚小侯爷的名讳，蓝亚手抖了一下，随后沉默下来，再也没有多余动作，直到刀疤脸护卫都忍不住露出怀疑的神色，将信将疑而微不可查地啜嚅："……侯……爷？"

萧亓绝笑了。

也许这一切就像志怪话本里的故事，主角一路降妖除魔，除掉小妖后引来大妖，才能将情节推向高潮。

或许蓝亚的使命就是在宫变时结束一切，好让淳武侯成为自己日后的劲敌。

如果这就是话本的安排，那么目标就很明确了。

"你来代替淳武侯。"他说，"九皇子和淳武侯派系的同盟关系依旧会维持下去，只是以后，你会是我唯一的辅臣。"

绵延的火光中，这是萧亓绝对蓝亚说出的最冷静的一句话。

但是只有自己承认不行，得骗过所有人，以及……骗过所谓的死局。

这样宋知涯的存在也就有必要了。

他和淳武侯假意结盟也是如此，淳武侯必须要有一个扶植的皇子，现在这个皇子变成了自己，那和自己结盟的蓝亚也就可以取代淳武侯。

蓝亚听了萧亓绝的计划，即使不知道那些涉及命运死局玄之又玄的考量，也意识到对方在设一个很大的局。

于是他随意地从一旁捡起一块烧红的木炭，在萧亓绝过来阻止他之前，对着自己的脸印了下去。

木炭被猛地拍飞，但猩红狰狞的印记已经留在了脸上。

"要是被人看到脸，可信度就不高了。"蓝亚用手背抹着血，露出一个前所未有的笑，眼中的光芒让萧亓绝看了都心惊，"这样就有理由日后戴面具了。"

原来他一直想摆脱的桎梏，此刻轻易就可以被打破。

耳边嘈杂声顿起，有人在呼喊着找大夫，有人在清点护卫收拾残局。

萧亓绝低声道："抬左脚。"

蓝亚一丝迟疑都没有，抬起右脚跨了出去，然后就被左脚的石头绊了一个趔趄。

中计了！

两人上了马车，突然马车一阵颠簸，似乎有人冲撞了马车。

"我是淳武侯三公子！你们谁敢拦我？！"

"蓝亚！是你！你没死对不对！侯爷呢？"

随后是一阵喧闹声，蓝亚脸色微变，萧亓绝的脸色也难看起来。

萧亓绝想叫人将宋知涯拦下，但他反而先被蓝亚拦下了。

蓝亚面上情绪变化，仿佛在和自己某种刻入骨髓的观念抗争，然后眼神就此冷寂了下来，对萧亓绝吐出两个字："我去。"

不论是背叛他，谋害他，还是如今意图叫破他的身份……宋知涯的所作所为，都注定其必死的结局。

明明……自己从来不欠他，也一直真心将他当自己哥哥。

萧亓绝看着蓝亚下马车，不久之后，马车外传来一声悲大于惧的哭号，接着就听到扑通一声人倒地的声音。

看着银甲卫在四周清场，他却低笑出声。

杀伐果断的"淳武侯"啊，终于完成了最后一步的蜕变。

蓝亚重新上车，见到萧亓绝笑得开怀，疑惑问道："你在傻乐什么？"

"我在高兴。"萧亓绝勾起唇角，"我改变了结局。"

終

隐性腹黑忠诚可靠"龙傲天"
×
外冷内热聪慧狡黠质子

你若哪天不来，我还不习惯了。

为质

为质

文/十三把剑

霸总男主制造学校无限期延毕生,微博@十三把剑

[00]

八年前来到圩国为质,我为了能在太子登基之前离开皇城,像条狗一样处处讨好申绪,谁知他的心比石头还硬几分。

没关系,那我换一个目标便是。

可是为什么,目标还没达到,目标养的那只黑豹却越看越眼熟?!

[01]

我知道这听起来有些荒谬,毕竟申绪不过是九皇子的一个侍卫,而我却是货真价实的沧国皇室血脉。

不过以我的情况来说,倒也合理。

我,沧国皇帝的第十七子,沧岐越,十四岁那年由于母国战败,被作为质子送来玗国都城,身上还背负着一条刺杀太子未遂的罪名。

而申绪是玗国九皇子府的侍卫统领,这些年备受天子器重,财、权、势比我只多不少。

前尘往事暂且不提,总而言之,在我为数不多可以接触到的人中,申绪是唯一手握实权的那个人。我讨好他,也不是为了什么别的,仅仅是为了自保。

在这人人视我为草芥的地方,他的心软,是我唯一能活着见到自由的希望。

[02]

"全都滚下去。"

申绪带着一身戾气走进我住所的时候,我正挽着袖子站在桌前作画。我本以为自己看起来应该清高风雅,至少值得他在一旁静静等上一会儿,然而现实中我却只得到他顶着冷脸的呵斥。

官职不大,心气倒不小。他一张脸黑得好似砚台,把我好不容易才求来做模特的瑛姐姐吓坏了,低着头跑得飞快。

我心中不满,但敢怒不敢言,唯一的抗议也只是放下笔的时候多用了一分力,任由那墨汁重重溅在浅色衣摆上。

"发生什么事了?"我走到茶桌边上,顺手拿起杯子倒了一杯茶。申绪只喝冷茶,这是平时就为他备着的。

只是这一回像往常一样把茶放到他面前时,他却忽然伸手抓住我的手腕,拉得我向前趔趄,茶水也泼在了袖口上。

他语气冰冷:"你还有心思喝茶作画?"

"什么?"我用另一只手将茶杯放回茶盘。武人的手丝毫不

知轻重,捏得我腕骨都在发疼,那是昨日陪他练武时被撞伤的地方,申绪分明知道。

但他丝毫不在意,只是冷笑:"沧国集结兵马在我北境徘徊数日,频频骚扰边境子民,陛下今早还在朝中怒骂沧贼死性不改,你敢说你半点不知?"

……

我垂下双眼。

怎么可能不知呢?沧国皇帝沧吉安这辈子都在垂涎玗国的沃土,作为他的儿子,我比任何一个人都清楚早晚会有这么一日,甚至在今早听到消息时都生不起一丝意外的感觉。

可是知道了又如何?我不过是一个被软禁的、没有自由的质子。

"……我知道。"沉默了半晌,我才低声回答。

我脸色苍白,看向申绪,轻轻抽回自己的手,勉强笑了笑:"所以,我是不是也快要出发了?"

03

沧国撕破协议再度来犯,作为质子的我下场无非是惨死,要么死在刑场,要么就是被押到前线,死在沧国将士面前。

申绪没有回答,但沉默已经是回答了。

我在他毫无波澜的目光中拉过椅子坐到他面前,就像是一个极力表演洒脱之态的死刑犯,叹了口气悠悠道:"那就……提前恭喜你摆脱我这个累赘了。"

没关系,我早就做好了准备。

"这八年来浪费了你不少时间,我预祝你以后顺风顺水、得偿所愿。

"也不知道什么时候出发，你惯喝的茶、惯用的药，这几日我会抓紧收拾好送到柳婶手上。还有阿玄，从今日开始我会试着带小雀一起去送食，如果到最后它还是不能接受其他人近身的话，以后可能要麻烦你接手照顾它了。

"我留下的物件总归无用了，把它们扔了或者给瑛姐、小雀他们分了便是。唯有一者，不知能不能求你帮我收好，就是我放在书柜最顶上那个锦盒里的画。看在过往八年的情分上，请不要打开它，待我头七那天烧给我，好让我在阴间也有个念想。

"总而言之，申绪，谢谢你。"

我说得很慢，一直在等申绪什么时候会不耐烦地打断我，可是到最后也没有。直到我说完许久，才听他再度开口："你想说的只有这些？"

申绪的目光钩子似的扎在我脸上，我大着胆与他对视，那深深的眸底果真如我预想的一样冷，非要说的话，或许还有几分掩饰起来的厌烦。

"还有，"我点头，"沧国确实是我的母国，但我既是弃子，自然不会还怀有什么家国抱负，做那些与沧国里应外合之事。我向你保证，剩下的时日里我会恪守本分，绝不给你添麻烦。"

这一天的剖白在我心中已经排练过上百遍，我自认已经演绎得完美无瑕，哪怕申绪再厌恶我，也该为我的识时务笑上一笑。

可他却好像更生气了，僵着脸站起来，砸了手边的瓷杯。

"好，好。"他一连说了两个好，背过手走到窗边，"但我不信你，在你动身之前，我会加强对你的看守，记住自己的身份。"

"那就劳烦你了。"我缓声回答。

04

阿玄不是人，是九皇子放养在王府后山的一只黑豹，每日申时需要准点投喂。九皇子唤它为"玄戈"，后来我觉得拗口极了，便在私底下喊它"阿玄"。

今日带了小雀同行，我特地比平时早一些出发。

"公子……公子！要不就到这里吧，我真的害怕！"小雀紧紧牵着我的袖子，再不肯往树林里走。

我有些无奈地回头看他："怕什么？有我在呢，阿玄不会伤你。"

"怎么不怕！呜呜……你不懂，我是从小听它吃人的故事长大的。"

"没有吃人，是伤人。"我纠正，"阿玄通人性，很有礼貌的。"

小雀号得更大声了："那只是对你而言好吧！"

我看着小雀无意间踢飞的石子砸在树干上，发出啪嗒一声轻响，心中开始默默计时。一、二、三、四……果然在数到十的时候，我听见身后响起树叶摩擦的窸窣声。

回头，阿玄不知何时已经趴在粗大的树干上，低头温和地看着我了。

阿玄粗长的尾巴吊在空中甩了甩，瞥了一眼尖叫着瘫坐在地的小雀，从鼻孔中喷出气来。

我终于忍不住笑出了声。

阿玄嫌弃小雀，它的眼神里早已写满了不耐烦，结果就像前些年我数次尝试让它接受其他人一样，对此我一点儿都不意外。

带小雀来，原也不过是想显得我的遗嘱更逼真一些罢了，反正做戏嘛。

反正无论我如何捉弄它，它也不会把债算到我头上，只会厌烦那些外人。

我对着它眨眨眼，故意揶揄道："怎么不下来？"

阿玄发出一声闷哼。

本该再多尝试一会儿的，但我突然有些心疼阿玄，有些责怪自己。

于是只身走近阿玄，抬手摸摸它的尾巴尖，头也不回地对小雀道："算了，不为难你们了。小雀你先回去吧。"

回应我的是小雀如获大赦告退，以及手心被毛茸茸的尾巴轻挠的酥痒感。

⌞05⌟

阿玄不是那种驯服过的温顺家宠，而是货真价实的野兽。听说，在我之前它从不允许九皇子外的其他人进入后山领地，还因此伤过不少前去送食的下人府丁。

之所以是"听说"，是因为这事本与我八竿子打不着。也是凑巧，那会儿申绪主动揽下送食的活儿，又凑巧他小腿两次受了抓伤都被我注意到了，细问之下，我才知晓这档子事。

那年我才从宫里搬来九皇子府上，人生地不熟，将申绪当作可以信赖的朋友，想为他帮忙。仗着年龄小胆子大，知晓这事的第二日一早我便趁所有人不备偷偷领了吃食跑到后山。

那时候，所有人都以为我在劫难逃。

九皇子后来跟我说，那日他接到禀报赶往后山时，一路上都

在想圩国该如何承担质子无故暴毙的后果，连请罪的说辞都编好了，没想到最后看到的却是我坐在地上教阿玄击掌的画面。

我与玄戈天生亲近，从第一次见面就是如此。也是从那一天起，去后山投喂它不知不觉成为我的责任。

——但我更愿意称之为特权。

那时，体形硕大的黑豹，以及一整片圈围起来的山林，是我对自由的所有想象。

06

其实我不是个擅长说话的人。年少离家历经变故，大多数成长的记忆都被孤独占满，以致成年后我性格孤僻，总是很难像其他人一样随心所欲地表达所思所想。

但阿玄是例外。

我絮絮叨叨地对阿玄控诉着申绪，我说早知申绪不靠谱，一开始就该果断选择讨好九皇子才是。

彼时阿玄懒洋洋地卧在树荫底下，我则仰面躺在阿玄身边。阿玄闻言低头看我，黑漆漆的瞳孔在阳光下竖成一道细缝。

我朝它笑了一笑："不过申绪不知道我早就偷偷接触九殿下了，要是知道，也不知道他还敢不敢对我这么颐指气使。"

"唉，我也是没有办法了，毕竟九殿下与太子是一母同胞的兄弟，听说从前关系还很好。可是也只能赌一赌了，也许太子殿下看在我对他弟弟忠心耿耿的分上能放我一马呢？"

我伸手去挠阿玄的下巴。

"阿玄，九皇子总说你是灵兽，要不你也庇佑一下我吧。生在沧国又不是我愿，我就是想活着而已，怎么就那么难？"

[07]

我于九皇子而言，撑死了也就是府上一个不金贵、不重要但必须完完整整活着的摆件，他不会分心去关注我，但真碰上面也是礼数周全，不至于对我有所亏待。

在九皇子府上住了五年，前四年半我俩见面的次数加起来也不超过十回，而真正与他熟络起来，是因为半年前的一场雨。

细节已经记不清了，只记得那天的雨来得突然，我独自待在后山，反应过来的时候身上已经湿了大半。当时心情不是很好，索性也就不回去了，寻了块平整的石板然后躺进雨中，寄望雨幕可以浇灭忧愁。

九皇子便是在那个时候忽然出现在我身边的。

我揉了揉被雨水溅到的眼，再睁眼时，头顶上已经遮上了一把油纸伞，接近两年没见的九皇子居高临下，用好奇的眼光盯着我。

他问我为何躺在此处淋雨，是不是在府中遇到什么难处，我尴尬解释说："没有没有，我只是在等玄戈。"

我苦笑道："玄戈已经有五天不见了，这期间我留下的食物也未动分毫，我很担心它。"

九皇子沉吟片刻，了然地点头。

他对阿玄的事似乎并不意外，倒是看向我的眼神越发怪异："我听说你们沧国人向来厌恶兽类。"

"应该是敬畏。"我说，"沧国地处深林，百姓时常被猛兽所扰所伤，多有损失，自然对此又怒又惧。但我自小从未接触过那些，所以没什么感觉，况且阿玄不一样……"

"嗯？"九皇子挑眉，似乎来了兴趣。

我却不想说了，随口便搪塞道："王府能腾出整个猎场用来放养阿玄，可想而知它自有其独一无二的地方，否则怎么可能入得了殿下的眼？所以我喜欢阿玄，也是情理之中的事情。"

九皇子闻言露出莫名其妙的笑容来。

"没料到九殿下会来看玄戈，阻了殿下的路，实在是失礼。今日玄戈恐怕也不会出现了，殿下早些回去吧，别淋雨受寒了。"

"那你呢？"九皇子问。

我有些不好意思地挠挠头："不知有没有荣幸借用殿下一半的伞。"

九皇子说玄戈没事，叫我不必太过挂怀，我想细问，他却不答了，只说它过几天就会出现。

他是玄戈真正的主人，我不是不信他，只是难免有些不满，凭什么风雨无阻过去陪玄戈的我不配知情。

沉默让雨点打在油纸伞上的声音变得刺耳，九皇子似乎能够听见我的心声，解释道："放心吧，戈……玄戈最喜欢的是你，不是本王。"

[08]

因为我的有意为之，那天之后，我们开始偶有走动。

大多数时候我俩只会在后山遇见，玄戈重新出现后，九皇子似乎总会花很多时间待在后山。有时候九皇子没空去看玄戈，也会时不时托人带些吃食给我，嘱咐我一并带给玄戈。

九皇子曾无意间对我道："你们沧国人样貌普遍粗犷丑陋，

尤其是沧吉安，没想到你却比圩国人还要好看不少，难怪……"

后半句没说完便没了声，我也没问，只是摇头："容貌有什么用？不过是人生最无用的筹码，什么都换不了。"

九皇子若有所思地点点头："确实，你本人的性格——啊！"

九皇子猛地收回手，原是玄戈粗长的尾巴抽在了他的手腕上，不一会儿就显出一条红痕。

九皇子痛得咬牙切齿，竟也不生玄戈的气，甚至还能接上刚才的话题："那如果能换，你想换什么？"

我后仰靠在玄戈背上，毫不犹豫地答："我想远离皇城，当个平民百姓，过不用担惊受怕的日子。"

这些是申绪从不知情的。

09

申绪说到做到，果真在我院中增派了一倍的人手，但无所谓，每天去后山的时间段，我依然自由。

唯一叫我苦恼的是他来得更勤了。

我练字，他怀疑我给母国传信；我作画，他怀疑我绘制城内地图；我健身，他怀疑我练武；我煮茶，他怀疑我下药……

不知为何，他好像认定了我想逃走，不仅说话一天比一天刻薄，脸色一天比一天臭，还总一遍遍重复地问我："你还有没有别的话要说？"

明明厌我至极，却喜欢待到我要入睡了才走。

我觉得我快要装不下去了。

其实我与申绪的关系也不是从一开始就这般僵硬的，否则我

当初断然不会选择他作为目标。

当中没有太复杂的故事，左右是因为当年初到皇宫，人生地不熟，而他刚好是那个被皇帝随手指派来照顾我的倒霉蛋，所以慢慢相处下来，熟识了丁点罢了。

那年我不过十四岁，而申绪也还只是御前侍卫中平平无奇的一个。我在异国皇宫里如履薄冰，夜夜哭着入睡，是申绪每日来看望我、开解我，看我体弱，还多次盼咐宫女给我开小灶、添厚衣。

他长我五岁，又是练武之人，那会儿看上去已经与成人无异。我知道照顾的实质是监管，起初怕极了他，但他却从未对我摆过脸色，也总是小心翼翼地保护我敏感的神经。

他说他有许多弟弟，但没有一个像我一样懂事善良，我说我在沧国也有许多皇兄，但没有人像他那般温暖可靠。

后来九皇子出宫建府，申绪成为九皇子的侍卫统领，而我也像被丢拖油瓶似的一起打包丢到了九皇子的王府中，占据一个不起眼的小角落。

我是感激申绪的。

没有他，我必然活不过质子生涯的前两年；没有他，我也不可能离开皇宫，拥有如今相对不那么压抑的生活。

所以最初我对他确实很感激。我拼了命地对他好，学医理配药，学煮茶温酒，以为能够以此报答他。申绪也并非不知，每每都会感激地拍拍我的头，说我很重要。

在十八岁以前，我以为我们可以一直这么过下去。

直到那位小我一岁的皇妹被送来和亲，申绪无意间见过她一面之后，他就彻底变了。

10

　　我不知道具体是为什么，只知道皇妹那张与我六分相似的脸让申绪呆愣了许久，那天他喝了许多酒，之后便毫无预兆地开始疏远我。

　　我倒还好，笑盈盈地和他说话，想方设法讨好他。他对我的态度却是逐渐从疏远转到冷漠，又从冷漠转到厌烦，甚至最后面对我的时候，只剩下来回几句硬邦邦的冷言冷语。

　　我猜，也许他是因为皇妹的出现，开始疑心她是沧吉安使出的美人计，怀疑我们对圩国别有目的。

　　我猜，也许他是觉得我们沧国人不知廉耻，一边在边境虎视眈眈，一边厚脸皮地送人求和。

　　我猜……

　　猜什么猜，我早就没有兴趣知道他怎么想，有这时间，还不如去厨房给玄戈多拿两颗鹅蛋。

11

　　"我不想回去！"

　　我整个人趴在阿玄背上，耍赖地抱住它的脖颈不愿起身："我不回去！我都说了我不是细作，结果院子里现在日日都守着一群人，我做什么他们都要盯着，一点自由都没有！"

　　"啊——所以九皇子究竟什么时候来啊？

　　"难不成今天也没希望了吗？！"

　　我演独角戏似的自言自语，把脸埋进阿玄的皮毛中，扯扯它

的耳朵尖："已经三天了,我都等了三天了,他不会是要等我被处决的那一天才来吧?不会吧?！"

那可就没得玩了呀。

虽说目前太子那头没再传来什么消息,但沧国始终是悬在我脖子上的一把刀,一日没见到九皇子,我就觉得自己好像离死亡更近一步,心里慌慌的。

申绪又守我守得紧,每日出了后山便有一队人盯着我,连九皇子的行踪都无处打听。

"好玄玄,好戈戈,如果你也能救我就好了呜呜呜——"

阿玄甩甩尾巴,把我的手含进嘴里,用牙轻轻抵着。

我翻身下来,盯着它看了半晌,认真道:"我说真的,你驮我跑吧,咱不过这种寄人篱下的生活了！"

阿玄也看着我,却并不应答。

我伸手替它抹掉了眼屎。

[12]

九皇子过来的时候,我正在和阿玄道别,它伸头过来蹭我,我心头一暖,捧起它的豹脸响亮地亲了两大口。

一回头,便见到目瞪口呆的九皇子。

他勉强地笑了,不知道为什么会面露尴尬:"你们的关系已经这么好了啊。"

我赶紧擦擦阿玄的脸:"抱歉,没有沾上口水,殿下放心。"

本想抓紧时间与九皇子闲聊一会儿的,谁知他说有事要忙,约我明天再来相见。

我能有什么办法?

不过他都到后山找玄戈玩了，能有什么事情要忙呢？

13

回到自己的小院，又一次撞上申绪那张棺材脸。我还是像之前无数次做的那样，毫无脾气地给他倒茶，他仍旧用不太好的语气问："为什么去后山这么久？"

我实话实说："院子里太多人了，看着烦，躲会儿清静。"

申绪重重放下茶杯，带着愠怒："这里不是沧国，没有你挑三拣四的余地。"

我垂下眼睑，点点头："好，我记住了，以后不会去那么久了。"

"……别说我亏待你。"

怀里被扔了一包东西，我下意识双手接住，再抬头时，只看见申绪大步离去的背影。

打开油纸一看，里面包的是我初到玗国时，每回想家都哭着闹着想吃的肉年糕。

可是那已经是八年前的事情了。

我已经很久没有想吃这种东西了。

14

第二日再去后山，见到的竟不是玄戈与九皇子，而是另一个意想不到的人——玗国太子。

自从被押送至玗国，八年间我再未见过这个人，但我仍旧清晰地记得他这张脸。近三千个日夜，他攻入沧国时那张染了鲜血、因杀红了眼而变得狰狞的脸时不时出现在我脑海之中，早已成为

我挥之不去的噩梦,每每从梦中惊醒,耳边还会回响起他冰冷的声音:"我会亲自杀了你。"

浑身一僵,半晌,我才鼓起上前行礼的勇气。

"岐越见过太子殿下。"我行的是大礼,按正常礼数来说本不需要这般卑微,但对这个人的敬畏早已深入骨髓,"不知太子殿下驾到,贸然闯入,罪该万死。"

太子那双绣着浅纹的靴子停到我面前:"别跪,草上有露水。"

他的声音是低沉厚重的,比起记忆中的粗哑,如今沉稳平和了许多:"快起来吧,你我之间无须行礼。"

我以为他只是要虚扶我一把。

谁知道下一瞬,两只大手却直接卡到我的臂下发力一提,我整个人就从跪着的姿势变成被举到半空的状态,随后双脚稳稳踩上草地。

我愣住了。

卸去戎装的他,与记忆里那尊魔神毫不相干。

连眼神都是温和的。

相貌还是一如八年前,没变分毫。

没有血的倒映,他的眼睛很黑,黑得我好像在哪里见过。

[15]

八年不见,太子身上沉淀出了十分独特的气质,粗品是儒雅,细品却还是存有从前那份凶戾的底色,竟也不矛盾。

他背靠树干,随意地坐在干草铺就的地上,我不敢走,只能陪在原地欲言又止,最终还是没忍住告诉他,那是玄戈的床。

太子不以为意笑道:"这儿都是我的地盘。"

我点点头,偷偷把自己颤抖的手藏到袖子中。

是,等他做了皇帝,整个圩国都是他的财产,何况这不起眼的后山。

不过他可真不谦逊,皇帝现在还健康着呢,他也不怕落人话柄。

"殿下大驾光临,是有要务在身?"

"没有,今日休沐,过来看看。"

"殿下为国操劳,是该休息。"

"也还好。"

"是来找九殿下的吗?"

"……嗯。"

我无聊地薅起几根干草在指尖把玩,掩饰自己的紧张。

"那九殿下呢?为何殿下会独自在此?"

"他啊……"太子自然地夺走我编的草环,"应该是有事不在吧。"

我疑惑地眨眨眼。

出门之前,我还听到申绪在安排人手给九殿下送新打的暗器,怎么可能不在……

不过转念一想,他们这种身份,有些紧急要务要临时出门倒也合理。

风吹得头顶的树叶沙沙作响,把我拉回现实。我忽然想起什么,左右看看,忍不住回头问太子:"玄戈呢,不知殿下是否见过它?"

太子侧头看着我,表情意味深长:"你确定你是只问这些问题吗?"

101

16

好吧，他果然还是战场上那位杀伐果断的战神，一眼就看穿了我的心思。

我还以为可以先和他缓解一下关系呢。

那可是分分钟能要我命的太子。

我不掩饰了，开口就直奔着北境与沧国的问题去，太子意味不明地轻笑出声，心情好似挺不错的。

他说，沧国是在集结兵力频频骚扰圲国北境不假，还扰得圲国上下极其不满，皇帝大骂沧国不知好歹也确有其事。

但这只是表象。

两国边境的问题向来复杂，实际上远还没有糟糕到开战的地步，沧吉安最终目的是造势，而圲国的态度更多是在配合表演罢了。

"沧……你的父皇想借南夫人之事搅局，趁机索赔一笔赔款，边境的那些动作实际上是为了扩大事态，为日后的谈判准备筹码。"

南夫人便是我那和亲的皇妹，自大婚那日之后我便再没见过她，只听闻她在前年——成为南夫人第三年的某一天忽然没了。

他们都说南夫人是沧国贼心不死派来的间谍，任务败露后被丈夫当场处决，但我一直不信。尽管我与这妹妹不甚相熟，可我知道她只是一个唯唯诺诺不受重视的公主，不可能会被沧吉安委以如此重要的任务。

那段时间，我也因为此事被看管得极紧。紧到什么程度呢？几乎每天一睁眼便能看到申绪守在我院内，屋外更是站了一圈士兵，我的行踪日夜都有专人记录上报。

这种日子持续了半年之久，其间申绪对我的态度也变得更差了些，后来也不知怎的，守卫渐渐撤了下去，我又恢复了最初的生活状态。

时隔两年，如今听太子这么说，恐怕这事另有隐情。

横竖都是一死，我索性直接问了。

太子说，后来沧国派了使者前来交涉，加上南公侯的坚持，刑部又重新调查了此事，才发现事实果真不是如此。

皇妹仅仅只是想家了。

她嫁入沧国三年，一直安分守己，与南公侯相敬如宾。那年冬至是她母亲的祭日，她听说公侯的书房里摆着沧国送来的一面屏风，想着偷偷看上一眼就好，解一解思乡之愁，谁知道会遇到丈夫的副手。而副手本就对她的身份心存芥蒂，先入为主便断定她是细作，欲要押人去见公侯，皇妹百口莫辩，气急之下选择了拔剑自刎。

那日的事闹得有些大，等查明事实的时候，先前的流言早已不受控制地传了个遍。和亲公主蒙冤玉殒，圩国自知理亏，只得拉下脸朝沧国道歉，而沧国握紧这个筹码，拖到如今才回应。

故事很简单，十句话不到就概括了皇妹的一生，我沉默良久，才低下头"嗯"了一声当作回答。

国与国之间的事情有时候很复杂，我知道除了皇妹之外，定然还有许多不便说与我听的事情掺在其中；国与国之间的事情有时候也很简单，再多的矛盾，说到底也不过是利益分割不均的矛盾。

虽说今日无意开战，但万一明日谈判失败，说不准又会是什

103

么光景。

我问太子:"殿下觉得呢?南夫人……我的皇妹,未尝不是一个可怜人。"

太子摇头:"比起死去,活着的人更可怜。"

"你是在说南公侯吗?"我有些不忿。

"不。"太子认真地看着我,"我在说你。"

17

离开后山回到院子的时辰又晚了,申绪毫无意外地又把脸拉得老长。

我没想到的是,他竟没有对我发脾气,只是寸步不离地盯着我。我察觉到异样却佯装无事发生,依然温和地独自说些没意义的话题。

我查看他的左手,那袖子遮掩的地方果然交错着挂了好些伤口,血已经凝住了,将衣袖牢牢粘在皮肤上。

申绪安安静静地任由我替他处理伤口,难得没有出言嘲讽,烛火将我们的侧影映在墙上,照不出其中的虚伪与猜忌。

我对申绪说,以后我不在了,受伤要去找大夫,不能像这么晾着,申绪顿了好久,问我:"你就这么急着想死吗?"

"没有人想死。"我放下药瓶,拿起布条给他包扎,"我只不过是不得不去接受一些无法改变的事实。"

申绪竟反过来道:"人定胜天,没到最后就不是无法改变。处决质子只是一种表态,质子必须死,但你未必。"

"说这些做什么。"包扎完毕,我释然地笑笑,"我的死不重要,反过来,我的生更不重要。既然可以直接拉我去受刑,谁会大费周章地去找冒牌货,不嫌麻烦吗?"

月亮静悄悄的,烛火热烈燃烧。

申绪沉默许久,久到我都困了,才接上话继续道:"你既不想死,为何从来不问我能不能帮你?"

"我何必自取其辱。"

我抱着药物放回柜上,头也不回:"我知道你帮不了我,也不会帮我。"

18

第四次在后山遇上太子时,我们已经能够自然地谈天说地,我渐渐放下对他的成见,甚至开始考虑是不是能直接从源头解决我的生死问题。

我问太子为什么每次他来后山阿玄就不出现了,难不成世上也有阿玄畏惧的人?

太子拉开我乱薅干草的手,说后山不是法外之地,不许无故破坏"财物"。

他给我带来了北境的最新消息,说是两国的使者团都在昨日顺利抵达了北境,谈判将于三日后进行。

我问他:"谈判会顺利吗?"

他沉思片刻,道:"恐怕难,圩国这几年天灾频繁,拿不出沧国要的那个数。"

19

第六次见面,太子给我带了礼物——一幅名家真迹。我问他怎么知道我最近在练肖像画,他挑眉看我,说这有什么难的。

那表情像极八年前他押运我来圩国的路上，从我手中拦下匕首时的神情。

我笑嘻嘻跟他道谢，直言他大人不记小人过，是整个圩国最好的人。

他也笑："应该让整个圩国都对你好。"

我恶向胆边生地冷笑，说："我沧国质子哪里配，总有一天你还是会亲手杀了我。"

他却平静地看着我："质子不配，那换个圩国身份就是。"

20

那头的谈判迟迟没有进展，这头申绪却忽然不见了，看守我的人也在一夜之间换了一批。

我去问九皇子，九皇子也只是面色复杂地盯着我，看了好久，才模棱两可道："他升官去干大事了，我这王府容不下他。你好生住着，就别管他了。"

我"哦"了一声。

正想走，九皇子又叫住我，说已经撤下了我的门禁，他最近没空去后山，要我替他多去陪一陪玄戈。

以前只知九皇子为人平和好接近，没想到九皇子对一只宠物也会这么上心。

真是奇怪的人。

21

日日往后山跑，也不知道是因为什么，遇到太子的次数越来越多,反而两三天里才能见到一次阿玄。

我倒不是嫌弃他。离开了非生即死的战场,太子并不是我记忆里的魔神,大多数时候他都很温和,似乎也没将八年前的种种放在心上。

他说他大病初愈,这段时间没有什么公务在身,所以才会来得这般勤快;他说九皇子的后山很好,在这里不需要步步为营,连蓝天白云都比宫中的好看不少。

彼时他躺在地上,我坐在他身边慢吞吞地吃着他带来的西域贡品,听了这番话,不免怀疑他是不是在暗示什么,便问他:"那我日日过来,是不是打扰了殿下的独处时光?"

阳光有些刺眼,太子眯着眼仰头看我。

"没有的事,你想来便来。你若哪天不来,我还不习惯了。"

[22]

那日回去的时辰稍晚了些,傍晚起了风,我才惊觉圩国京城要入冬了。白日里出门没有添衣,凉风灌入衣中,冻得我一路都在发抖,当天夜里果真发起了热。

小雀自责地蹲在我床边絮絮叨叨:"都怪我,我昨天不应该贪吃柳婶做的野菜馒头,结果忘了给公子准备好衣服,我这嘴怎么就这么馋呢!这都开始降温了,申统领对公子那态度,也不知道今年冬天会不会克扣我们的炭火……公子好些年没生病了,病来如山倒,一直不醒可怎么办啊……"

那会儿我还有点余力,拼尽全力抬起手在他脑袋上拍了一下,才总算是止住了这没完没了的碎嘴。

之后我就再也动弹不得了。眼睛几乎是睁不开的,睡睡醒醒,

迷糊中听到有好些人围着我的床在走动，后来有谁进来了，他们便全都退了下去。

"怎么说不来还真不来了？"

我竟然听出来了，是太子的声音。我甚至都能想象他微微蹙眉的神情。

"快好起来。"他用命令的语气对我道，"北境谈判失败了，你要是不听话，我就要兑现八年前的话了。"

[23]

在我昏迷的这几天里，太子每日都会给我带来两国形势的最新情报。

他说，沧国在北境的动作更加大胆了，看样子是听到了风声，有乘人之危的嫌疑。

他说，圲国朝堂现在太乱了，若非万不得已，还是希望以和平方式解决问题，现在已经传了信过去，要求十日后再次谈判，寻找两全之法。

他说，昨日朝堂上有人提到我了，九皇子府明里暗里被很多人盯着，若是我再不醒来，他也难保我不会被带走了。

如此过了三日，到第四日，我才终于从沉重的疲惫中脱离，聚起一丝力气，睁开眼，见到的是九皇子。

九皇子惊喜道："你可算醒了！那就好办多了，明晚太子哥哥就来接你去东宫，那里比较安全，免得日日都要提防申……老三。"

我想我可能还是烧糊涂了。

开玩笑的吧。

我克服心理阴影接近太子，是为了让他放我离京，远离两国政治争斗，不是叫他重新给我弄进皇宫里的！

什么谈判，什么三皇子，我不清楚我昏睡期间究竟发生了什么，但听起来不像是什么好事。

要不趁着生病没人提防，我直接逃吧？

这日子真的是一天都过不下去了。

$\boxed{24}$

我连夜跑了，又被抓了。太子把我从后花园围墙的狗洞里拎出来的时候脸都是绿的，咬牙切齿地问我："你这个点想要去哪儿？"

我只能干笑："到处走走，透透气呢。"

"三更天出来透气？"

"嘿嘿。"我谄媚一笑，"你要抓我回宫，进了宫就没有那么自由了嘛。"

"你——"太子语塞。

顿了一下，他忽然回头对随从吩咐，"去叫御医，就说质子烧坏脑子了。"

好吧，逃跑这事情确实是我脑子不清楚做的，但我不愿意进宫的心却是千真万确。

我与太子第一次发生了争执。

我说我明明已经很听话了，他怎么可以这么对我，我就算是被押到前线去也不想一辈子活在宫中；他说我是榆木脑袋，是犟种，若被三皇子圢晟逮去了，日子只会比宫中更难过。

我惊问三皇子是谁，我怎么从未听说过。

九皇子在一旁咬着牙插话道："你终于想起来问了，三皇子可不就是申大统领。"

……

我沉默了。

你们圩国的皇子们可真喜欢玩角色扮演。

25

我原本还想抗争一下的，直到回到院子，看到自己的屋子被里里外外搬空，而小雀、瑛姐、柳婶背着行囊站成一排等我的场面。

我眼前一黑。

太子抱臂倚在院门外，问我还有什么想说的，我回头看他，欲言又止。

我仍想说有。

但他不给我这个机会，不由分说地把我塞进马车，丝毫不给我脸面。

被塞进马车的时候，我还扒拉着车门不愿进去，他叹了口气正色道："好好想想吧。你在我的地盘上，我才好保护你。"

好吧，想想申绪……现在应该叫三皇子了，好像还是跟着太子比较安心。

26

这一年的冬天，圩国几经风波，面临内忧外患。

隐藏身份磨炼多年的三皇子高调回归，在朝堂上大放异彩，一时风头正盛，赢得不少大臣支持。

而数日后，因病隐居五年的太子也再度出现，谈吐手腕比病前更加抢眼，让先前几乎放弃争权的太子派重燃熊熊斗志。

其他皇子黯然失色，朝堂逐渐分成了不相上下的两个派别，针锋相对，好不热闹。

与沧国的谈判又失败了，这一回圩国分明已经同意赔款，沧国却突然变卦，要求圩国再加一位和亲公主送予沧吉安。

三皇子派认为这是太子八年前带兵没能将沧国打服帖才留下的遗患，应当废太子，立圩晟为新储；太子派则认为这是三皇子派的南公侯府逼死南夫人惹出的祸，应当奖罚分明，追讨责任。

两境交界处小冲突不断，民不聊生；朝堂里吵来吵去，迟迟没能得出一个确切的结果。僵持不下之时，也不知是谁提起了我，于是这场纷争的重心又转到了如何处置我上面。

三皇子派主张杀我以儆沧国，他们说，与沧吉安讲道理如同对牛弹琴，一再退让只会换来得寸进尺，唯有将质子押往前线处刑，用铁血手腕威慑住他们，方能还北境一个清净。

太子自始至终的态度都是保我。他站在百官面前，沉声讲述着战场上的生离死别，他说杀质子只能逞一时之快，但和平才是每一位战士百姓的期盼。质子存在的意义不只是为质，更是为了两国下一代的交好，与沧国关系越是紧张，越应该将我放到东宫好生对待。

皇帝老了，他也在默默考察着他的两个儿子谁更堪当大任，所以迟迟没有表态，任由他们争执不下，无视我被先一步接入东宫之事。

27

比起沉寂了五年的太子，隐姓埋名却始终都在拉拢人脉、比太子先一步回归朝堂的三皇子显然在朝堂上有更大的优势。

特别是最近，三皇子派更是火力大开，以致近些日子朝堂上另立储君的呼声越来越高。

太子却总是表现得气定神闲，稳如泰山。

霜降这一天夜里，太子带着一身酒气回来。他没有回房休息，不顾我的反对非要拉着我去看月亮。

我说这四四方方的天，月亮有什么好看。

他忽然侧头过来认真对我说：

"阿越，现在我只能保全你活着，再过两年，我一定还你自由，让你去看江河湖海、千里江山。"

我久久不知道说什么。

28

九皇子有时候进宫见他兄长，会顺路与我聊上两句，我每次都问他玄戈如何，他每次都吞吞吐吐，避而不答。后来，他便不来见我了，每次都偷偷摸摸地来，再偷偷摸摸地走。

太子听说了这件事，问我为什么这么在乎玄戈，我说因为玄戈漂亮，还听话。

我说五年下来怎么样都有些感情，问太子以后能不能带我去见玄戈。

太子沉默了好久，最后才说好。

出入东宫的人脚步越来越匆忙，面色越来越差，听闻太子的境况并不是很好，否则也不会两三日不见人影。

我倒无所谓。

毕竟太子遵守了承诺，没有让任何人打扰住进东宫的我，并且在有限的范围内给了我最大的自由。

生活虽少了点乐趣，但从前在九皇子府里熟悉的下人与用具都在，倒也还算悠闲，我终于能够静下心来好好给瑛姐姐画一幅完整的肖像。

只是没有想到，画作完成的那一天，原以为这辈子不会再见的申绪会出现在东宫，还毫无预兆地出现在我面前。

"为什么跟他走？"申绪死死地盯着我，"你是被迫的，还是自愿的？"

我放下画笔，抬头看进他那双既有疲惫也有偏执的眼里，顿了顿，反问道："你问这些有什么——"

"回答我！"申绪提高了声音，几乎是嘶吼着打断了我的话。

他现在换了个身份，连脾气也变了不少。从前他对我差归差，顶多也只是不耐烦与冷脸相待，现在却是暴躁了，胸膛剧烈起伏地盯着我，似乎想要从我口中听到什么重要的答案。

"我是自愿的。"我看着他轻声答道。

话音未落，啪的一声，他手中一直握着的卷轴已经砸到了我桌上。

是一幅全身像。

看得出作画的人并不擅长此道，色彩运用显得青涩稚嫩，笔

触也毫无章法可言。没有题字，没有落款，画中人只有三四分形似，但我知道那是谁，那是在九皇子府做侍卫统领时的申绪。

"你什么时候拿走的？"我平静地从桌案后头走出来。

"在你进宫前。"申绪恶狠狠地盯着我，"告诉我，你画这个干什么？"

"不干什么，涂鸦之作罢了"我弯腰捡起画卷，慢条斯理地将它重新卷好，递给申绪。

他却不接，反而上前一步质问我，态度还是像以前一样咄咄逼人："我们相识那么久，至于走到如今的地步吗？"

他喊我的名字："岐越，选择我的阵营，你想活，我也一样可以保全你。"

我摇头："你在朝堂上可不是这么说的。"

"那是因为我可以换个人去受刑！只要你假死一遭，以后便不再是沧国人，你可以换得你想要的自由。"

"我不信你会帮我。"

"八年的相处都不足以让你信我吗？那他又凭什么让你信任？"

"申绪。"我打断越来越激动的申绪，"或者应该叫——三皇子殿下？这八年，我有真正认识你吗？"

[30]

其实我都知道的。

我一直都知道申绪的真实身份是皇子。

因为南夫人被疑间谍之事，他无法控制地对我起疑，怀疑我的别有用心，怀疑他被我操控。

他是个可悲的人。这一路,他的所有矛盾与偏执,我都清清楚楚地看在眼里。

但我尚且自顾不暇,凭什么包容他?那几年的所有忍让,不过是为了利用他罢了。

"你还不明白吗?"

我推开申绪,毫无情绪波动,直视他的双眼:"我曾经确实把你当知己。我只身来到圩国,整个青春岁月都是孤独暗淡的。

"申绪,我一个无依无靠、连自由都没有的质子,本是最好拿捏的,但凡你对我有一丝信任,事情都不会变成今日这样。"

我看见申绪红了眼眶,像是才从自己打造的迷宫里绕出来,对外面真实的世界充满了迷惘。

"如果我对你信任一点,是不是就不会这样?"他问。

"话也不能这么说。"我看向窗外,那外头有一株梅树开得正好,"我的意思是,如果你相信我的话,我不会像现在这样讨厌你。"

我把画卷强行塞回给他。

"这画不过是小雀跟我学作画时画出来的一幅习作而已,我那天故意在遗嘱里强调它,就是单纯想和你打友情牌,赌你会一时心软会放我自由。可惜你打开得太晚了。"

"……因为我答应过你不打开它。"申绪声音沙哑。

我笑了:"是啊。你看,你遵守不了诺言,还不如一开始就不要答应。"

[31]

"放肆!"

太子终于回来了,身着太子朝服大步朝我走来,一声呵斥震

得横梁都要抖一抖。

我终于在他眼角看到了久违的神情，带着杀气、凶戾、以及一点掌握生杀大权者对下位者的不屑。

他将揣在袖中的小盒子递给我，随即将我护在背后："未经通传便擅自进入东宫，圩晟，你懂礼数吗？"

申绪恹恹地垂下眼，并不在乎："礼数是要做给人看的，不是做给畜生看的。"

太子冷笑："那皇弟可要加把劲，莫要像今早在朝堂上那样被畜生压上一头。"

"你也就只有私藏质子这种见不得光的手段。"

"好过你连手段都没有，质子现在总归在我这里。"

申绪眼里的情绪一瞬间被点燃了。

他瞪着眼，用狼一样狠戾的目光盯着太子，恨不得把他生吞活剥。右手猛地抬起，我还以为他要动手，却见他只是把我好不容易卷好的画放下来展示给太子看。

"你也不过是在被他利用罢了。"申绪胸膛上下起伏，喘着大气。

我还在惊讶于这兄弟俩的关系之差、吵架方式之文明，战火就莫名其妙地烧到了自己身上。

我就说申绪这个人不是省油的灯。

[32]

申绪走了，留下一肚子闷气的太子和可怜无助的我。

我很郁闷，因为太子给的那小盒装的是我梦寐以求的袖箭，我现在只想马上拿出来好好把玩一番，而不是参与他们的争斗。

太子逼问我是不是对他也别有用心。

我说不是，不要听三皇子挑拨。

太子不信，说我与申绪朝夕相处八年，和他相处却只有几个月。

我无奈。

最后只能跟他坦白，我对他的印象，远远比他以为的要久远、深刻，对他的了解也比他想象中的要多得多。

那年两国交战，圩国这边是刚满十九岁的太子领兵。

沧国好武，前线打着仗，一兵一卒的调动都会被飞马快报传到后方。沧吉安要所有年满十二岁的皇子旁听战事，十三岁的我坐在最后排，正对着那幅大大的敌方主将画像，画像上的人有一双黑得发亮的眼睛。

十四岁那年，耗了一年多的战事最终以沧国惨败收场。圩国主将带着兵马攻入城中，屠戮军士百余名，他一身鲜血站在城门口，像是从地狱来的索魂者。他抬头只看了沧吉安一眼，便叫沧吉安吓破了胆，最终同意以赔款上供、送子为质的条件签下休战协议。

沧吉安最终挑中了众多皇子中最不起眼的我作为质子。离开的那天，我握紧袖子里藏的匕首，心中恐惧又茫然，忍不住偷偷抹了抹眼泪。

前方策马的太子不知何时退下来与我并行，手伸进车窗将帕子递到我的手心里。他叫我好好听话，到了圩国的皇城，他能保我性命无忧。

我闭着眼睛挥出匕首，下一瞬却被他稳稳握住手臂。他夺走匕首，还打了一下我的手心。

他故意用凶狠的语气，说如果我再不乖，他就用那把匕首杀了我。

我吓哭了，从此再不敢造次。

听了这些解释，太子终于愿意相信我，他说我那时年龄小又哭了一路，他原以为我不会记得。

我说我记得那条路上的每一个瞬间。

他便突然丧气了，把脸埋到手心里："我当时说只要你听话，一定会保你在圩国自在无忧，结果竟没有做到。"

"没关系。"我扯扯他的衣袖，"我知道我搬去九皇子府的事是你的手笔，后五年算你做到了，我原谅你。"

[33]

沧吉安死了。

听闻这件事的时候我正在烤炉前温着我的雪梨汤，太子匆匆从外头进来，坐在我身旁欲言又止。

我把梨汤分了一半递给他，叫他有话直说，他将我手中的两只碗都接过去放到桌子上，然后简简单单五个字，就让我愣在当场。

听说是天太冷，沧吉安喝了许多烈酒暖身子，结果夜里突发心疾，没救过来。

事情太突然了，沧国皇宫上下全乱了套，甚至因为没有立储，百官连扶谁继位都争论不休，最后还是我那年龄最大、性子最温和的皇兄匆匆上位了事，国丧与登基大典也都草草弄完。

北境准备了半年之久的战争也随之彻底消失了，圩国料沧国也翻不起什么风浪,便按照最初的协议给了大笔赔偿款,和亲之事不了了之。

我虽震惊,但内心并无太大波动,过了一会儿又去端自己的那份梨汤,边喝边与太子闲聊。我说以那位新君的性子,估计在位期间都不会再来找玗国的麻烦了,太子闻言很是高兴。

他说他离实现承诺又进了一步。

我说等你坐上你爹的位置,要什么没有?

34

过了年,积在院子里的雪慢慢开始化了,空气一时间又湿又冷。我不愿出去挨冻,日日待在房间里躲着,闲得快要发疯,每每太子回来,我便叫他开春带我去看玄戈。

他起先只是敷衍,耐不住被我问得多了,终于有一天忍无可忍。

他恨恨问:"一只畜生而已,有什么好看?"

我惊讶地看着他:"我不许你这么说自己。"

他叫玗玹,九皇子的玹哥,而不是什么玄戈。

我一直都知道,我什么都知道。

那年回京的路上,十四岁的我第一次被二十岁的玗玹教会了什么叫战争与杀伐,什么叫和平与尊重,从此他在我心中成了复杂的符号,叫我又畏惧又敬仰。

他说他叫玗玹,只要他在一天,就会保我在玗国无忧无虑成长,我没有回答,没有胆子说出自己在父皇书房听到的计划。

父皇请了个邪巫术师。

父皇说沧国受了奇耻大辱，要将圩玹的生魂置换到畜生身上，狠狠报复这个狂妄小儿。

我侥幸想，万一呢，也许他们并没有拿到圩玹的发丝与八字，也许……也许圩玹中招了，他们就能放我回家。

抵达圩国不久后，我忽闻太子病重。

35

这些年我一直提心吊胆，怕圩国知道我有意隐瞒太子之事，会找我秋后算账。

后来跟玄戈相处的种种，多少是我有意讨好。

抛开骨子里的那份偏执不谈，圩晟其实也很不错，作为储君完全是达标的人选。

但圩玹终究还是在细枝末节上比他稍微优秀了一点。

他们依然没完没了地斗，但这小小的差距也就注定了皇上不会改立储君。

又过了两年，皇帝驾崩，没来得及留下任何遗旨，文武百官按规矩准备跪请圩玹继位，谁知圩玹先一步推出了圩晟，在殿前大谈家国与小我之论。

他带着一队的御医，当场坦白自己前些年重病隐居留下的顽疾，说自己身体不好，难担大任。

他细数圩晟这些年的表现，直言圩晟德才兼备，同样是优秀的君王人选。

他跪在先皇的灵前，说唯愿江山安稳，百姓安乐，他只要一个王爷的虚名和一点封地足矣，往后新帝不召，决不入京。

圩晟猜到了他的打算。

他觉得圩玹疯了，却又在内心深处无法抑制地羡慕圩玹，因为他知道圩玹也是向往自由之人。

[36]

圩玹终于还是兑现了他的承诺，给了我一个圩国身份，从此我成为真正的我，不再是质子，不是狼子野心的沧国人。

他说等到了封地安顿好，我往后想去哪儿都是自由的，我有点不敢相信地反复问他是真的自由了吗，还是只要我不听话身份就会被收回。

他脸色一变，想了好久才回答："如果你想独自离开，我会放你走。"

我正感动不已，却又听他补充道："但外面的世界很危险，你最好和我保持联系。"

我大笑，扑上去挂在他给我准备的马驹上。

我问圩玹，既然最后要将皇位让给圩晟，这两年何必要与他斗得不可开交？

圩玹哼了一声："这是有关尊严的事情。"

我用逗猫棒逗他要他正经点，他只好补充道："圩晟前些年稚嫩了些，和他斗也是为了让他更快成长。虽是急着撂担子，但前提是能确保坐上那个位置的人绝不能比我差。

"当然，推他上去还有最后一个原因……"圩玹抬头看天，"只有他肩上担了一个国家的责任，他才会身不由己，事事以国事为先。"

前往封地的路上遇到一片草原，我们躺在草地上谈天说地。

圩玹说我小时候黑瘦的,又不好看又不听话,他那时候只是当作训弟弟,不是真的威胁我。

我说不公平,我不仅当真了,还害怕了许久。

[37]

我问圩玹是不是为了跟圩晟作对才故意接近我。

圩玹被我气笑了。他说那会儿是圩晟单方面在九皇子府里四处调查他的消息,他说他从未把圩晟当作竞争对手过。再后来因为对质子去留的争执,他才动了敌意。

我看着圩玹不说话。

他叹了口气:"你还记得你十八岁生辰没人陪,红着眼问我能不能带你离开的那一次吗?那天之后你任何时候来后山都没人敢拦,其实是我让老九下的令。"

我还以为我什么都知道呢,原来不是啊。

为质

毁天灭地懵懂"忠犬"天命"龙傲天"
×
天资卓越一心飞升搞事业仙师"龙傲天"

无论何时，师尊都是我的师尊。

仙师他只想飞升

仙师他只想飞升

文/写意良言

你喜欢的甜文我都有~喜欢甜文看这里：
微博@是写意呢

01

九重天上近日来并不太平，起因是大司命感知天道，算出噩耗，不日将有毁天灭地使六道颠覆的邪魔种降世。待邪魔种成神之日，三界必将陷于水深火热之中，纵使洪荒大神出马，也未必能降服它。

为此，九重天上针对邪魔种的讨论会议开了又开，连天帝都为一只素未谋面的邪魔种愁掉了两根头发。

"诸位仙家可有法子应对这场灾祸？"

崇武仙君进言："不如提前找出邪魔种，将它一早斩草除根，保三界太平。"

"可如今尚未算出邪魔种所在，小神斗胆猜测，它应当藏于天道混沌之中。"大司命道，"恐怕唯有等它降世引起异动，才可被我等察觉。"

"那等它降世诛灭可行？"

"待它降世，便是天生的神格，乃上神，轻易打杀不得，否则必遭天谴。"大司命叹了口气。

毕竟天道一向小心眼。

"既留不得，也杀不得，难道干瞪眼坐着等它来灭我们？"崇武仙君是个暴脾气，与唯唯诺诺的大司命话不投机。

聆文仙君问："既然动武行不通，那这邪魔种，可有惧怕之物？"

"它托生天道，无情、无欲、无惧亦无所羁绊。"

由此可见，天道对三界属实不满已久，这才孕育出这么一个无解的魔头，势必要将三界搅和得翻天覆地才罢休。

"且慢，人界常言初生牛犊不怕虎。这邪魔种降生之初无欲、无惧，可若我们叫它生出情欲、爱憎、羁绊、贪念呢？"一个白胡子老神仙开口道，"若邪魔种降世为孩童，不如将它放于人间。人世的情爱冷暖，纵是无情无欲的绝情道都要被绊住脚，说不准亦能感化邪魔种。待它成人，再选位可靠的仙师教导点化，助它飞升上界，从毁天灭地的邪神化作悟道守心的真神，岂不是好事一桩？"

此计若成，便可将天道降下的邪神偷梁换柱，成为九重天未来的一大栋梁，实乃神机妙策。

不过，问题又来了，将邪神送去凡间轻易，可凡人修者中，谁能堪当大任，教化一个先天邪种？

白胡子老神仙上前一步："小仙斗胆，人间其实有位不错的人选——不仄山，楼听雪。"

在九重天上，楼听雪的名字实在是耳生得很。

可在凡间，只要是一心求飞升之路的修真人，皆知这不仄山第一仙师楼听雪。

楼听雪二十结丹，天资卓越，百年间收入门下的亲传弟子有八位，皆不到十年便飞升上界。

于是坊间传言，只要是楼听雪的亲传徒弟，便注定飞升，若想成仙，拜楼听雪比拜天帝还灵验，彻底坐实了楼听雪第一仙师的名号。

每到楼听雪心情好决定收徒之日，便是整个修真界最为热闹之时。

"师尊看看我，搓背、捏脚、捶腿样样精通！师尊指东，我绝不往西！"

"师尊，徒儿会做八大菜系，煎炒烹炸样样精通，色香味俱全！师尊想吃什么，徒儿都能做来。"

"仙师，我乃京州林家嫡子，没错！我族乃京州百年第一富！师尊选我，不仄山百年香火，我林家出了！"

如此盛况，说句不好听的，那就是天下第一美人招赘，也不见得能引来这么多青年才俊挤破头。

"仙师好生厉害，眼瞧着咱们不仄山的门槛又要被踏平一道了。"不仄山掌门恭敬地为楼听雪奉茶，"不知今年，可有多收几位亲传弟子的打算？"

坐在主位上的仙师一袭雾蓝色纱衣，胸绣锦绣纹饰，腰挂白玉灵石。世间皆传楼听雪风姿绰约，面若中秋月、春晓花，眸中藏星，齿若编贝，唇点丹砂，是少有的绝色。

而若见真人，便知晓与楼听雪有关的传言，那都不能算是夸大其词，他的确是有不染凡尘的谪仙风采。

但也只是空有样子而已，如今的楼听雪还是凡人。

距结丹已过百余年，楼听雪亲手送走了八位亲传弟子，以及师门上下无数同门师兄弟，眼瞧着连如今的掌门都已经是他的徒孙辈了，可他依旧未飞升。

可怜，可笑！

楼听雪不接那盏茶，徐徐道："今年起你师爷我不准备收徒了。"

掌门瞪目，趁四下无人，当即扑上去抱住楼听雪的大腿："师爷这是为何？"

每每楼听雪收徒之际，都是他们壮大山门的好时候，多的是修者想要投入不仄山门下，哪怕不是楼听雪的弟子，拜入山门也能蹭蹭第一仙师门下的喜气和运气。

楼听雪细眉微拢，颇为苦恼道："你师爷我近来道心不稳，无力带徒。"

说白了，再收徒，只会耽误他自己悟道飞升，楼听雪打定主意不干了。

不仄山宣布楼听雪不再收徒当日，凡间修士们心碎一地，而天空更橙红似血染——红日当空，日晕绵长，这样大的太阳真是前所未见。

这奇异天象吸引了许多人仰着脑袋看，更有甚者说连老天爷都看不下去楼听雪不再收徒这事了。

当夜，岁星现世，灾星坠落，拖着条长长的银白尾巴，落于北斗外荒野中。

一朵彩云飘过夜空，上面载着俩人，一个白胡子老神仙抓着个还未睁眼的俊俏青年。

流云飞入不仄山，飞至楼听雪的飞霜楼中，老神仙喜洋洋道："徒儿，看为师给你送什么来了。"

夜观星象的第一仙师眯眼："扫把星？"

[02]

拖长尾的彗星,在民间被视为灾星,俗称扫把星。

楼听雪也这样认为,谁叫他也是凡人。

眼前的白胡子老头,是他的师尊,昔日的。如今老神仙飞升已近百年,若非有要事,绝不会来见他这个徒弟。

楼听雪百年间不知多少次灵音传信给这老头,求问自己飞升的机缘,可这老头从不回信,只当听不到,甚至楼听雪都以为他是在上界翘辫子了。

老神仙笑笑,一抖手上的拂尘:"乖徒儿,你常传音来问为师你的机缘,现如今为师告诉你,"他一指矮榻上闭眼休憩的少年,"这便是你的机缘。"

"我的机缘?"楼听雪扫了眼那合眸昏睡的青年。

这青年方才被老神仙拎来时,虽然身形劲瘦又高挑,但一直闭着眼,就跟刚从娘胎里滚落似的,浑身赤条条水淋淋的,眼下身上只有一条锦被遮羞,还是刚刚楼听雪看不下去给他盖上的。

老神仙解释:"他的确刚刚出世,尚未睁眼,你别介意,以后将他当婴孩看便是。"

"所以我的机缘,是一个青年模样的……婴孩?"第一仙师蹙眉。

怎么别人的机缘,要么是神仙点化,要么是立地顿悟,再不济也是个能写进话本子里的俗套情劫,而他的机缘却是个青年模样的奶娃娃?

这是要他做什么?养孩子?

老神仙欣慰道:"徒儿,的确如你所想。"

"师尊,您是千里迢迢从上界来与我讲笑话的吗?如今我很忙,没空陪您老玩闹。"楼听雪面露不耐,"而且,你明知我有多想飞升!"

楼听雪已结丹百年,若是再不飞升,恐怕只剩寂灭一条路。

想当年他出世拜师时,天资卓越举世闻名,那时候楼听雪亦年轻狂妄,他不信九重天上没有他的一席之地,自信自己定然会是师门中最早飞升的那个。

但事到如今,连楼听雪都要怀疑,是否他,只有作为凡人寂灭一途,而从无作为仙人飞升的那条路。

"徒儿,为师没有糊弄你,这些年,为师在上界也替你四处打听过,只是凡人的机缘,就连那大司命也说不准。为师想,与其叫你按兵不动等待机缘找上门,倒不如自己把握机遇。"

老神仙一指榻上闭目安睡的少年:"再者,你可知他是何人?他是九重天上天道托生的上神,只是如今身陷困局。若你能养育教导他,直至他顺利飞升,九重天上必将有你立足之地。"

原本,养孩子的事情不该由楼听雪干,大司命都已经从凡间选中了一对福泽深厚、家中和睦的夫妻做这邪魔种的父母,日后必能教会他何为礼义廉耻、父母孝道、为人本分。

奈何谁都没料到,从天道混沌中呱呱坠地的邪魔一经发现便已是成人模样。

这样自然是没办法再将他化入女子肚皮中出生一遭,当初提出"感化教导"一法的老神仙也只能把这成人模样的邪魔种拎来交给自己的徒弟。

邪魔种事关重大,恐生变故,于是面对楼听雪,老神仙也隐下了少年的大半身份,说是上神,却不说是能毁灭三界的邪神,说是婴孩,却不说是个出生便无情无欲的魔童。

"为师话都说尽了，你自己掂量，是留下他一试，还是为师再将他送到别人那儿去。"

听到"上神"俩字的仙师抱臂，上前两步盯着合眸熟睡的青年："只需我将他养育至飞升？"

"只需你养育他至飞升，使他品性正直，是个行得正坐得端的好苗子，便成。"

楼听雪垂眸，心底里奔飞升的小算盘拨来拨去，但无论怎样拨，这档子事似乎都是稳赚不赔的。

人间说一日为师，终身为父。

自己教育一位天道生出的上神，待上神破劫飞升，自己便是上神的恩师。

于情于理，这位上神怎么也不能忍心抛下师尊父亲在人世忍受孤苦等待寂灭吧？到时候给自己一个小小仙籍，应当不成问题。

楼听雪在矮榻上坐下，薄薄的纱衣落了一角到青年面上，还未睁眼的邪神犹抱琵琶半遮面。

毫不知情的第一仙师瞧着这青年，越瞧越满意，精致的芙蓉面上浮起些笑意："那我就认下了，从今往后，他就交由我养育。"

飞升的机遇，谁都别想和他抢。

[03]

老神仙走时，为楼听雪留下了一枚传音符箓，叮嘱楼听雪若是日后遇上什么棘手的事，便传音联系他。

楼听雪应下。

他师尊还担心楼听雪护不住这位历劫的上神，殊不知楼听雪如今将人家当命根子看待，恨不得高高供起。

青年一日不醒，楼听雪便一日闭门谢客，谁都不见，专注地守在床前，同时看些育儿书籍。

只是飞霜楼平日没有女宾，楼听雪结丹至今还未寻道侣，自然是不通晓育儿养崽之事，所以，飞霜楼内也没有养育婴孩的书，只有豢养灵兽的书。

但两者在楼听雪看来，基本没什么差别，养育灵兽还要从孵蛋做起，讲道理比他如今要辛劳得多。

窗外奇异的红日天象持续了三天，最后一天夜里，岁星依旧高悬长夜，数不清的彗星从天空坠落，楼听雪门前洒扫的灵纸小童大喊："完蛋了，扫把星都落下来了！"

楼听雪坐在窗前看着这前所未见的天象，啧啧称奇。

坊间传言，一颗扫把星是水灾，两颗扫把星是旱灾，三颗扫把星会地动，四颗扫把星要瘟疫，如此多的扫把星，那得是多大的浩劫？

正当楼听雪支着下巴看漫天扫把星看得出神时，身后传来了细微声响。

他扭头一瞧，那在他眼皮子下睡了整整三日的"心肝宝贝命根子"徒弟，睁眼了！

不止睁眼，他还径直坐起了身。锦被从青年身上滑落，他似乎无所察觉，甚至还想站起来，只是他好像压根不熟悉人类躯体的操纵方式，试了半天也没能顺利直立，磕磕绊绊又倒回了矮榻上。

楼听雪看他这副样子实在不雅，忙一伸手，帮他变了身不厌山门内弟子的衣袍到身上。

突如其来的衣料束缚叫这青年感到相当不适应，他低头在自己胸口捣鼓了两下，可那不太灵活的手指根本无法解开细致的盘扣。

青年的眉头皱在了一处，径直就要拎起自己的衣领上嘴咬了。

仙师原地观察了几秒，发现这青年的确是空长了一副冷峻面孔和壮实身板，一举一动都像是刚刚破壳而出、对一切都不熟悉的灵兽，甚至连话都不会说。

楼听雪背着手上前几步，跟盘扣做斗争的青年一秒警觉，眸子直勾勾盯着笑眯眯上前的仙师。

那双眼睛似寒潭般凉得吓人，也亮得吓人，窗外扫过的彗星都未有如此光芒。

楼听雪轻轻拉下他和衣服做斗争的手，指着衣服道："这是衣裳，是人都要穿，不能光溜溜地跑出去，那叫耍流氓。"

青年艰难启唇，字正腔圆重复道："耍……流……氓——"

仙师的唇角抖了抖，确认了这上神的肉体凡胎的确是不会说话，于是耐下性子自我介绍道："我是你的师尊，你是我的亲传大弟子，一日为师，终身为父，明白吗？"

"明白吗。"

"不要学我说话。"

"学我说话。"

"你——"

"你。"

"罢了，你有没有名字？不过我看你应当是没有的。"

"名字。"青年眼神懵懂，视线始终落在楼听雪的唇上，盯着他吐露话语时唇舌的动作，似乎在学习。

"名字就是称呼，我叫楼听雪。"

"楼听雪。"

"你得叫我师尊，直呼师尊的名讳，无礼。"

"无礼。"

楼听雪被这鹦鹉学舌的青年弄得火冒三丈，若是换成别的亲传弟子，早叫其收拾铺盖离开了。

奈何如今的弟子是个上神，还是关乎他未来能否飞升的"心肝宝贝"，那真是半点动不得，只能忍气吞声。

楼听雪在心底劝慰自己，世界很美好，不必如此暴躁。

面对懵懂如灵兽的无知青年，仙师想起那本《灵兽养育一百式》中提到过的、教新破壳而出的灵兽最快认主的办法就是给它取一个名字。

于是他决定："那为师就亲自给你取名。"

"取名。"

"今夜天象奇异，岁星当空，又恰逢无数彗星降落，"满天的扫把星，少见至极，正巧青年也是伴着一颗扫把星被送来的，楼听雪便做主道，"那你便叫星星吧，楼星星。"

仙师少年时便沉迷修炼，在学堂里耐心读书的日子实在是少，如今取名水平也证实了这点。

好在青年听不出好赖，照旧重复："楼星星。"

"正好，小名叫星星，从此以后，你便是星星。"楼听雪点点楼星星的胸口，"楼星星，好听的，对不对？"

"对不对。"

04

楼星星虽是稚儿灵智开局，学东西却不慢，在与楼听雪鹦鹉学舌一日后，便断断续续能蹦出一串表达自己意愿和想法的话了。

山门弟子的雪白衣袍，在楼听雪像个老妈子般伺候他穿脱一次后，他也学会了自己穿戴和束发，只是看样子楼星星对这束缚

他自由的衣裳依旧很不满，每到了就寝时，他都要一秒脱光，四处晃荡。

楼听雪为此训斥他许多次，好在这飞霜楼只有楼听雪一个活人和一群灵纸仆，不然楼星星真要被当作流氓抓走了。

若真有这一日，仙师遂叮嘱楼星星以后千万不要说是他楼听雪的徒弟。

无论仙师的面孔板得多骇人，楼星星也不怕他，依旧我行我素，且就像是那本《灵兽养育一百式》中说的般，取名便有了羁绊，便会认主。

他像是认准了楼听雪，总爱跟在仙师身旁静静待着，不过那体格实在不够软萌可爱。

楼听雪也趁机看了看楼星星的根骨，放出些微灵力试探对方的灵田如何，以此推测楼星星何时能够顺利结丹。只是这一探将仙师吓得够呛，楼星星的体内空空荡荡的，莫说灵田了，连灵气都不存在一丝一缕。

就算是楼听雪见过的底子最差的修行者，也要比楼星星好上很多。

毫无灵气，也无灵台聚气，这要如何结丹？

若是结丹都难，又谈何飞升？

楼听雪蹙眉，伸手从楼星星的脐上三指一路探到了胸口，隔着衣料，他能感到楼星星的体温，却探不到他的脉搏和心跳，仿佛这躯体之中没脏器般，是一具只余皮囊的躯壳。

楼星星斜倚在矮榻上，呆呆地看着楼听雪："师尊，你这是在干什么？"

"你为何没有脏器？难道这是你的本相？"

九重天上的神仙本相，若非自人界飞升，多没有脉搏也没有心跳，因为他们和人族不同，无须五脏六腑，甚至最早开天辟地的上古大神们，也都并非人族的模样。

可若楼星星本就是天生神体，又何须到人间走这一遭？想要飞上九重天登仙，不就是跺跺脚、捏个诀、叫朵云的工夫就行？

"什么叫本相？"楼星星有样学样，伸手覆在楼听雪的心口，他摸到了一颗平稳跳动带着节律的东西，而这东西，他好像没有，"这是什么？"

"是心。"楼听雪耐心教他。

"没有这个会怎样？"

"凡人或妖魔没了心，都会死。"这便是下界生物的命门，上界的神仙们没有这样明显的弱点，因而永垂不朽。

也难怪昏君想成仙，修者想成仙，百年的狐狸、千年的蛇都想成仙，长命百岁，与天地同寿，何乐不为。

楼星星寒潭般的眸子微闪，似懂非懂地点点头，片刻，他擒着楼听雪的手再度去摸自己的心口："师尊，我也有了，心。"

那方才还空荡荡的胸膛之中，果真揣了颗鲜活跃动的心，扑通扑通，跳得正欢实。

见多识广的第一仙师被楼星星这一番操作惊得说不出话来，他定定瞧着青年，心中感慨，这便是天道托生的上神？天生就有可以捏出颗心脏的非凡神力？

既然如此，兴许并非楼星星没有灵台，而是自己才疏学浅，道行不足摸不出罢了。

仙师抿唇，默默攥紧了手："星星啊，你先答应师尊，无论何时，我都是你的师尊，无论发生什么，你都不能抛下我。"

楼星星点头，学舌道："无论何时，师尊都是我的师尊，无论发生什么，我都不会抛下师尊。"

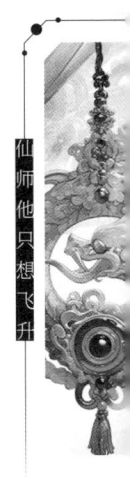

楼听雪松了一口气，抱上这样粗的一根仙大腿，他的飞升，稳了。

[05]

向来寂寥的飞霜楼突然多出个大活人的事情，最终还是没能瞒过掌门的耳目。

事情败露，源于辟谷已久的楼听雪突然向后山厨房要起了可口餐食，要饭就算了，只是如今他一人吃的，顶十名门内弟子的食量，简直荒唐。

本着关心师爷的出发点，顺带提醒师爷多交些灵石作伙食费，掌门上门探望师爷了。

"师爷！您怎么能在楼中藏人啊！这人来历不明，这要是传出去，我不要活了啊！"

楼听雪面对一哭二闹三上吊的徒孙，愁得眉头难以舒展，而楼星星则好奇地看着打滚哭闹的掌门，问："师尊，他这是在干吗？"

"撒泼。"

"为什么要撒泼？"

"因为你吃太多了。"按理说楼星星已经是辟谷的仙体本相，不吃不喝也不会怎样，但不知他和纸人从哪里翻出修者送来孝敬仙师的糕点，尝过之后便一发不可收拾，每日胃口大开，一睁眼就眼巴巴望着楼听雪要吃的，馋猫似的。

半大小子，吃穷老子。

楼听雪库房里那些积压已久没人碰的糕点灵果全进了楼星星的肚子里，无奈之下，他只能向后山厨房要起饭来。

一听到楼星星唤楼听雪师尊，地上的掌门一骨碌爬了起来，怒目圆睁："师爷，他叫您什么？师尊？您不是不再收徒了吗？为什么他要叫您师尊？！"

更何况，放着那些会按摩的奴才、会做饭的伙夫、京州城的富商嫡子不收，居然收一个一口气能吃十人份量的大胃王？

这简直不像是往年收徒只挑众人中灵根最好、人最俊秀的那个"肤浅"仙师。

掌门当即抽出随身佩剑，一指仙师的眉心："不管你是何方妖孽，速速从我师爷身上下来！"

楼听雪抬手一拂，掌门的剑上当即结了霜，寒气直冒："二宝，真的是我，你忘了小时候，我还抱过你。"

掌门叫刘二宝，如今世上只有寥寥几人知晓这个名字。

"二宝是什么意思？"眼下楼星星也知道了。

"家中第二个宝贝的意思。"

失去本名的掌门彻底疯魔，他将剑尖对准了楼星星："师爷，他到底是您何时捡回来的？姓甚名谁？家在何处？家世如何？"

这贪吃的小子配得上当他们不仄山的第一仙师的徒弟吗？

"漫天流星那天捡来的。"

"漫天流星？下扫把星的那天？"

"是，所以他叫楼星星，无父无母，孤儿一个。"

……

刘二宝一直都觉得自己的名字拿不出手，而眼前这位人高马大的汉子，名字应当比他还拿不出手，还不如楼扫把好听。

拜入楼听雪门下，便是不仄山的弟子，应发给他令牌作为出入山门的凭证。掌门不肯将这令牌给楼听雪，理由是楼星星并非他看好的"第一仙师首席弟子"，不配做他的"师叔"。

他明面上是对只会吃喝的楼星星不满,实际是对瞒着自己收徒的楼听雪不满。

而要掌门交出令牌,也容易,只要楼听雪除楼星星外,再收个弟子就行,到时候楼星星莫说吃十份餐食了,便是二十份,掌门也给得出。

起先楼听雪不肯收徒,是怕徒弟飞升再抢去他的运气,如今楼星星在手,他还有什么可怕的?

当务之急,是照顾好楼星星。

于是为了让楼星星吃得饱,楼听雪便答应了。他从那日来的修士中选了灵根最好、相貌最佳的林家嫡子。

林瀛声拜入楼听雪门下的那日,同楼星星一起拿到了属于他的弟子令牌。

"师兄。"林瀛声对楼星星这个同门非常敬重。

往日仙师只收一位亲传弟子,如今却收了他们两位,林瀛声自觉已经优秀到登峰造极的地步,那眼前的楼星星,定然也有能与他媲美的过人之处,足以叫楼听雪青睐有加。

只是半月相处下来,除了能吃些,林瀛声没看出他师兄厉害在哪儿,逗仙师笑倒是有一手。

楼听雪对待两个徒弟迥然不同,对待林瀛声,他如往昔一般严苛,力求将原本的好苗子培养得更好,后山的练阵场已经成了林瀛声第二个家。

但对待连灵台都没有的楼星星,仙师主打的是快乐教育,鼓励和掌声常有、鲜花与夸赞更多,就连楼星星多吃一碗饭,楼听雪都要夸他胃口好。

因而望向刚刚结丹的林瀛声,仙师的目光总是严厉和恨铁不成钢的,望向天生便是神体的楼星星,仙师的目光总是慈爱和满意的。

这叫从未受过冷待的林小少爷很是不满。

同门第三载,林瀛声已经能独闯后山魔物横生的十级练阵了,而楼星星还在山门前、飞霜楼内同楼听雪读书饮茶吃糕点,偶尔洒扫庭院,过清闲日子。

有一日,林瀛声着实忍不住了,他拦住楼听雪,质问仙师为何厚此薄彼:"师尊从未用看师兄的眼神看过我!师兄至今都未结丹,难道在师尊眼里,我就这般比不过师兄吗?!"

仙师瞧傻子似的瞧着二徒弟,末了他苦口婆心道:"瀛声,你与星星不同,他无须勤勉,而你若要飞升,只有这一条路可走。"

这也是仙师曾走过的老路,是他从前飞升弟子皆在走的大路。

至于楼听雪看向楼星星时的目光,何曾是单单看楼星星这么简单,仙师看的是他飞升的康庄大道。

[06]

林瀛声看楼星星不顺眼已久,同为亲传弟子,楼星星可以住在楼听雪的飞霜楼中,常年陪伴楼听雪身侧,而自己只能住在飞霜楼外的外室弟子的厢房之中。

这无父无母的楼星星,何德何能比他林氏嫡子更得仙师亲近?

林瀛声被妒火冲昏了头脑,趁楼听雪被掌门请出飞霜楼外出参加宗门清谈时,将留在不仄山的楼星星拉至后山:"师兄,今日你我比过!"

"我为何要与你比?"三年悄然已逝,楼星星洗脱了初到不仄山时的懵懂,他如今不言不语时,颇有种正道弟子中佼佼者的风范,每每楼听雪带他出去,总有不少掌门称赞他"瞧着便是个

深藏不露的好苗子"。

奈何只有知情人知道，时至今日，楼星星依旧没有结丹，甚至连筑基都难，不仄山的下山门弟子都没有他这样差的根基。

"为何要比？凭你怠惰如此，污了仙师名号，我这是替仙师清理门户！"林瀛声召出长剑，那剑同他一般咄咄逼人，被灵气驱使着直取楼星星的命门。

楼星星不想对上同门，一再躲避，身后落雪的青松被林瀛声一道剑气斩断，飘散的雪花落至楼星星眼前，他耳畔突然回荡起一个声音："天命，他的剑里有杀意，若你还是一味躲下去，没命的便是你了！这凡间修士皆是如此贪名逐利，为飞升什么都做得出来，你顾忌他是同门，他可曾顾忌你是他师兄？

"天命，你一再避战拖延，天道不会容你！天道使你降生，便是为了肃清这些贪心的凡人。来吧，从他开始，将这凡间的种种虚伪罪恶一一清除！"

这声音带着挑唆，逼迫楼星星对自己的同门刀剑相向。而这并不是楼星星第一次听到它的蛊惑了。

其实在听到楼听雪对他讲的第一句话之前，楼星星的世界安静无比，什么都听不见。

降生之初，落于混沌中，天道并未给天命五感，没有五感，便可无忧无惧亦无爱无恨。

可天命被那群神仙搜寻到并带到人界后，凡人的花花世界让他从睁开眼起便有了视觉；而听楼听雪讲了第一句话后，他又有了听觉；楼听雪带着温度的手牵住他的手，使他有了触觉；楼听雪私藏的糕饼是甜的，所以他第一次有了味觉——更甚至，天命有了别的名字，叫楼星星，他有了新的羁绊。

这羁绊让楼星星还学着楼听雪的模样，捏了颗心安给自己。

从这一刻起,他耳畔的声音便躁动不安起来,总是一再重复"天命"二字。

可天命是什么?楼星星不知道,楼听雪也没教过他。

每每他依赖出生后第一眼看到的楼听雪,那声音总要聒噪地提醒自己:"天命,你醒醒,你当真以为他待你好是真心的?无非是做春秋大梦想随你飞升罢了!他这是在利用你!他更加可恨!"

楼星星不知道利用是什么意思,楼听雪没教给他,至于楼听雪要随他一起飞升,他愿意。

毕竟他答应了楼听雪,无论发生什么,都不能抛下师尊。

那声音更是恨铁不成钢:"你真是疯了!天命,你是天生的杀戮道,合该无情无欲,将三界不公不正、无仁无义、痴心妄想、扰乱天道之物一一抹杀!

"你不能再如此执迷不悟了!"

眼前,同那尖厉的声音一起袭来的,还有林瀛声的长剑:"看剑!"

楼星星不躲了,可他依旧毫无动作——他不能出手伤害同门,因为楼听雪教他同门间是手足亲情,不可相残。

至于那声音说的,他都听不懂。他不想杀人,也不想抹杀这天下众生,天上的神他无感,地上的人魔他也无感,他只知道楼听雪是他师尊,他要帮师尊飞升。

可眨眼间,持剑逼近的林瀛声就换了张脸,化成了日日对他笑吟吟的楼听雪,只是如今那张面孔上没了满意的笑,取而代之的是愤怒。

丑陋的愤怒火焰将楼听雪的脸映衬成狰狞的一团,仿佛血肉模糊的魔物,他向楼星星逼近,那剑上带着十成十的力道,似乎

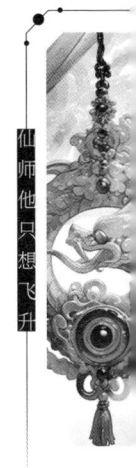

真要将他斩于剑下。

楼星星愣住了。

方寸大乱间,林瀛声的剑尖刺进了楼星星的左肩,可他并不痛,也没流血。从创口冲出的神力,一点点侵蚀了林瀛声的长剑,那柄剑转眼化作齑粉,比飞雪还要碎。

林瀛声握着空荡荡的剑柄,不可置信地看着楼星星。他肩上弟子服的洞口还在,内里却在长剑消失的瞬间白骨生肌,完好无损。

惊慌爬满了林瀛声的脸,他抛下剑柄,颤声盯着楼星星的脸:"你……你究竟是什么东西!"

楼星星没有答复,他的双眼失去了焦点,可方才楼听雪的脸仿佛近在咫尺,带着飞雪的剑捅进身体,不痛,却满是寒意。

他耳畔的声音轻轻道:"看见了吗?那便是你同他的未来。"

那声音又道:"若你再不动手,那明日他便会知晓你并非上神,而是凡人眼中奇怪的邪祟。到时,他必将亲手将你斩于剑下。"

天命在三界归于本源前不死不灭,只是如今,他有了软肋,会难过,那滋味比死还可怕。

07

林瀛声消失了。

楼听雪日夜兼程赶回飞霜楼,连同掌门带着不仄山其余弟子将后山翻了个遍,他们连林瀛声的影子都未见到,只找到了他佩剑的剑柄。

"只有剑柄,那剑呢?哪怕折了,也该有残剑在!"

"师爷,是真的没找到。"掌门觉得此事蹊跷,后山早被代代不仄山掌门布下阵法,不会有足以威胁金丹期修士的魔物妖邪,更不会有叫人平白无故消失的邪门地方。

楼听雪偏头看向楼星星:"你最后一次看到师弟,是何时?"

楼星星不会撒谎:"前一日,他在后山要同我比试,比试过后,他便不见了。"

耳畔的声音大骂楼星星愚蠢,并喋喋不休道:"你这样说不是不打自招?不过这样也好,让他同你撕破脸,不要再被他绊住,你在人间耽误了太久,动手已经太晚——"

答案近在眼前,楼听雪却像没听到般。他当楼星星是上神,神纵使冷情,也不会平白伤人,他更想象不到平日只会吃糕点扫院子的楼星星,只弹指一挥便给了林瀛声同那把长剑一般的结局——化作了齑粉。

林瀛声的消失,只是一个开端。不过一月,不仄山四周的宗门修士竟然凭空消失大半,各大宗门人心惶惶。

几位掌门牵头,各大宗门齐聚,势必要将这邪魔揪出来才肯罢休,可轮番上阵,不过也只是给那邪魔多送几条人命而已。

有暗地里躲藏的人讲,那邪魔的妖术奇怪无比,没有武器和修者能近他的身,甚至,百米之外,他若想叫一人消失,也只需拂袖的工夫便能办到。

这不是人间修者能做到的事,只有邪魔妖怪才会有这种能力。

宗门弟子死伤无数,楼听雪同掌门的脸色难看得要命,楼星星还在想他的师尊为什么不冲他笑了。

"笑?我如何还笑得出。"明知那蛰伏暗处的杀人魔正四处行凶,楼听雪却什么都做不了,只能眼睁睁看着不仄山弟子愈来愈少。

"若让我知晓是何处来的妖魔鬼怪,我定然将他亲手斩于剑下。"

一旁吃糕点的楼星星噎了下:"师尊,可能那些死的,也并

非好修士。"

"什么意思,难道你觉得他这还是在替天行道?"楼听雪横眉竖目,显然气得不轻。

耳畔的声音又在大骂楼星星蠢了:"和他解释没用的!那些人都是咎由自取,平时仗着修为欺男霸女、烧杀抢掠,为了养育灵宠以活人献祭……那些修士通通不得好死,待杀光他们,再杀尽这天下负心、薄情、不孝、不悌、不义、不伦之人,就轮到九重天上那群好逸恶劳庸碌无为的神仙了!

"天道所想的新世界,迟早有一日会到来。"

楼星星不管这些,他做这行刑的刽子手,只为日日同那声音确认,他和楼听雪的未来会如何发展。

他不要被楼听雪那愤恨的眼神盯着,他想改变同楼听雪的未来。

除楼听雪外,那些人的命在他眼中,的确也不重要。

"师尊,你还想飞升吗?"楼星星问。

"当然。"这是他的心愿,百年来的心愿。

"好。"楼星星想,等他如那声音说的一般清理完人间后,便带着楼听雪飞上九重天,"那我要同师尊一起。"

[08]

如今的九重天上早已闹翻了天。

阎王爷的生死簿一页一页化作飞灰,不过几日,凡间少了千余位修士、万余凡人,仿佛灰飞烟灭般,连魂魄都没到他这地府报到。

能将魂魄灼烧一净的神,九重天上少有,而如今能从人间动手又有这般大手笔的到底是谁，众仙心中早有答案。

那天道降下的邪魔种，还是如大司命预知那般，要倾覆这三界。

卜卦的大司命嘴硬说，这邪魔种的无解之命已经逆转，本不该再生出如此事端。

只是没人信。

众仙家都惶惶不安，生怕人界与魔界结束后，便轮到他们。

神仙分成了两派，一派天生即为神，他们对人没有怜悯，人死就死了，只想着如何自保；一派多是依靠人间信仰生出，又或者本就是凡人飞升的，看不得凡间浩劫，纷纷要下界生擒魔头，毕竟覆巢之下无完卵。

当初提出对邪魔种进行感化教育的老神仙则成了众矢之的，天帝叫他戴罪立功，去瞧一瞧凡间的情况，看那魔种是否已经将师门上下都灭了个干净。

哪怕没有天帝的吩咐，老神仙也是要去凡间走一遭的。

楼听雪是老神仙最小也最具有天资的徒弟，当初将邪魔种交给他，全是老神仙私心所致。如今他的徒儿若真因这魔头而销殒，那就算拼着他一身老骨头，也要跟那邪魔种打个你死我活。

可再度到了不仄山，眼前的情景却叫老神仙寒毛直立。那魔头一副乖巧的样子跟在他徒儿身后。他手下的人命都足以堆砌成尸山血海了，竟然还能装作什么都没发生一样混在凡人中央。

这般心性，当真可怕。不愧是天生的邪魔种，完全没有教化的可能。

没等老神仙落到楼听雪的院中，他便被提前感知的楼星星在半空中堵住了去路。

"你这魔头，还敢拦我的路？你还要装到什么时候？"

魔头一身不仄山的白衣，在夜空中极为扎眼，无论是模样还

是气度都是正道风采，楼听雪教他的仪态从不会出错。

"我不叫魔头，我叫楼星星。"

耳畔的声音告诉楼星星，这老神仙是来告知楼听雪他的真实身份的，要是楼星星想将这个秘密一直隐瞒下去，就必须尽快斩草除根。

可楼星星不愿动手，他知道这老神仙是带着他来见楼听雪的人，同时也是楼听雪的师尊，倘若他杀了这个老神仙，那楼听雪定然要愤恨地盯着他。

"天命，你能不能清醒些，留他的命，便是给你自己留下隐患，更何况，他本就是我们该抹杀的对象。"

"为何？"楼星星盯着老神仙，"你做过什么坏事？"

老神仙被问得一愣："魔头，你好大的口气，敢质问老夫？！你为何不扪心自问你自己做过多少坏事，这凡间多少修士和普通人，皆是葬送你手！"

那声音同时道："凌道子贪欲熏心。百年前血海魔头作乱，数十位凡间修士合力斩杀魔头，其中有一人并未出力，只是恰巧捡走了徒弟遗失的魔兽灵石，自此修为增进，算是吞了徒弟飞升的功绩与机缘。有灵石在身，他不到三年便飞升上界。可怜了那徒弟，你猜猜，那本该飞升的徒儿是谁？"

楼星星的眼神陡然变化，他飞身接近老神仙，一字一顿问道："是你抢走了师尊飞升的灵石，才叫师尊至今都不能飞升？"

老神仙面色猛然变换，不可置信地盯着邪魔种。百年前的事情，就连大司命那里都无从查证，为何这邪魔种会知晓？

那声音继续道："楼听雪本该是年少飞升、功成名就的小仙君，只是因为他错过了机缘，便再无飞升的命格。可惜啊可惜，他虽一心证道，但这辈子，都只能做个凡人。"

"你住口！"楼星星怒道，他逼近老神仙，伸出手去讨要东西，"将师尊的机缘还回来，否则，我亲自动手拔去你的仙根，将你挫骨扬灰。"

当年出于私心占据的灵石如今早不知何处去了，老神仙还不出。

可也是这份愧疚，叫老神仙至今都在为楼听雪找寻其他的机缘，他真心记挂着楼听雪。只是当年因一己私欲做错事，如今做再多来弥补，都无济于事。

老神仙盯着眼前的魔头，在他眼里，楼星星杀戮成性，留这魔头在楼听雪身边，徒弟早晚要遭殃，因而他必须将此事告诉楼听雪，豁出命也在所不惜。

|09|

楼听雪叫楼星星出去把院子里的雪扫干净，眼瞧着过了两刻钟，楼星星都还没有回来。他飞身至院子里，地面上还是一片白皑皑，扫雪的楼星星却没了人影。

这些日子，每到夜里，楼星星总有段时间会不知所踪，且他似乎一夜间成熟了起来，不再像往常那样，总爱黏着他，当他的小尾巴了。

这种种变化，叫楼听雪很难不起疑。

他同掌门在后山探查过，并未发现魔族的痕迹，证明那杀人如碾碎蝼蚁般轻松的凶手，并不是魔物。可若是凡人修士，就更是荒谬了，这世上哪有能做到毁尸灭迹至此的修者，凡人之躯比肩神灵？

"没准，就是上界的神仙做的？"

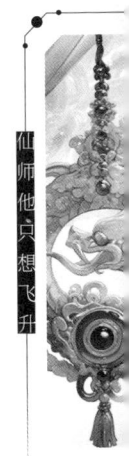

掌门的话彻底点燃了楼听雪心中的怀疑火种，谁叫最早失踪的林瀛声，便是在同有上神本相的楼星星独留在飞霜楼时消失的。他本不想怀疑楼星星，但现在，能有如此神力叫凡人灰飞烟灭的，楼听雪只能想到能在他眼前亲手捏出一颗心的楼星星了。

他想找楼星星质问清楚，可他腰间悬挂的传音符箓却突然亮起，里面有了声音。

断断续续的，楼听雪听到了他师尊的声音，又听到了楼星星的声音，而楼星星被他师尊称作"魔头"。

魔头，楼星星。

这两者在楼听雪眼里似乎无论如何都画不上等号。

可老神仙的声音依旧喋喋不休。他说楼星星杀了无数修士，杀了无数凡人，那些人的消失，都是楼星星一人所为。

楼听雪召出自己的佩剑，飞身冲另一枚符箓所在的地方奔去，若这一切是真的，他应当……应当亲手斩杀楼星星，替天行道才对！

只是符箓中接下来的对话让楼听雪更是如遭雷劈。百年前，他曾遗失魔兽灵石一枚，而与他同时获得灵石的修士，皆已顺利飞升。这些年，楼听雪曾悔恨过自己的不小心，但他更多的是认命，他安慰自己：兴许那枚灵石就不是他飞升的机缘，他的缘分还在别处。

现在他知道了，那就是他的机缘，只是被旁人抢去，让他再没了飞升的缘分。

抢走灵石的那人，还是他至亲的师尊。

楼星星与老神仙缠斗不休，他要生擒老神仙，拔出对方的仙根还给他的师尊；而早早打开符箓传音的老神仙更是心知肚明，此次之后他再也没有颜面见自己的徒弟，宁可死在这魔头的手下，也不愿意苟活。

提剑而来的楼听雪红着一双眼，此时此刻，他竟然不知道自己的剑应当指向谁，他要如何做才能解心头之恨。

老神仙看见楼听雪终于赶到，忙道："徒儿，是为师对不住你，但他乃天上的邪魔种，降世便是为了灭世，你不要对他心慈手软，否则，必将祸及己身！"

"师尊，你不要听他胡说。"楼星星心慌无比，扬手打飞老神仙，扭头扑到楼听雪身前，他没想到楼听雪会突然赶到，早知如此，他就该一早将老神仙化作尘土，"我不是邪魔，我真的不是，我是——"

"你是天命。"那声音在楼星星耳畔道，"只是他们凡人不会懂，那些神仙也不会懂，因为你站在了他们的对立面，你在他眼中，只能是杀戮他同族的邪魔。"

"你已经没有退路了，天命。"

楼听雪看着跟跄跪在他眼前的楼星星，不可置信地往后退了几步。他不敢相信自己日日都和一个杀人不眨眼的魔头同处一屋檐下。

无论楼星星是什么，这一跪，都已经证明了从前种种皆是他所为。

"那些无辜的性命，在你眼里就如尘土一般可以轻易打杀吗？"

"我杀他们，是因为他们有罪，当杀。"楼星星恨不得从自己的耳朵里抠出那个喋喋不休的声音，叫楼听雪也听一听，"我从未滥杀无辜，师尊，你相信我，我不会说谎！"

"从未滥杀无辜？"

151

"从未，我杀的都是这世间恶人，如他一般，强取他人机缘的恶人！"楼星星一指地上苟延残喘的老神仙，"师尊难道不气吗？都是因为他，师尊才没能飞升！"

楼听雪合眸，睫羽颤颤："那瀛声也是恶人？"

"是师弟先要杀我，他恨我辱没了师尊第一仙师的名号！"楼星星膝行向前，去碰楼听雪的衣摆，"师尊，绝不是我先动手的，我从不想做使你失望的事，可我也没有办法。"

那声音说得没错，他已经没有后路了，从除掉林瀛声开始，一切都只能如此。

这字字句句的"师尊"，每一声都如一柄剑插在楼听雪心上，他开始后悔了，后悔自己竟然养大了一个邪神。

他只觉得眼前的楼星星可怖。

"那你准备何时杀我？"楼听雪看着他，眼角一行清泪落下，"我收留你，无非是为了利用你，我居心不良，也非好人，你准备何时将我也除去？"

"师尊？"楼星星摇头，抱住楼听雪的腿，"我从未想过要杀师尊，我愿意带师尊飞升。师尊，待我将九重天上的那堆神仙通通除去，便请师尊与我共赴九重天，成为这天下最后的神。"

比起下界被痴嗔怨念困住的人与妖魔，上界冷漠刻薄的神灵更让天道不满。

天命降生，本就是为了将那些死板又无情的神仙一个个打杀，待众神俱灭时，便是天地间回归混沌之日，到那时，有楼星星护着的楼听雪，便是三界第一位神。

楼星星与天道同寿，也甘愿将性命同楼听雪分享。

"师尊与我同活，如何？"

"同活？"楼听雪扬起佩剑，眼神哀绝，"你简直做梦。"

佩剑调转剑尖，直指楼听雪心口，楼星星见状，忙一扬手，那剑瞬间化成齑粉，在楼听雪眼前，亮晶晶若飘散的飞雪般。

霍然逼近的楼星星一把捏住了他的手腕："师尊，是您说的，无论何时，我都不能抛下您，为何如今，您想抛下我？"

"师尊，我不许。"

10

自楼听雪知晓真相且被生擒那日起，楼星星便不再遮掩行事，每次他都不厌其烦地向楼听雪解释，自己的所作所为是天命要求的。

从楼星星领悟到自己该做的事情后，耳畔那喋喋不休的声音就消失了，似乎那本就是属于他的一部分，而他也得到了纵览古今全部的通天之法。

他再度看到了他和楼听雪的未来，这次未来改变了，他的师尊没有提剑冲他砍来，而是泪流满面地看着他，眼神悲怆不已。

楼听雪泪流满面。

但这在楼星星看来也不是什么好兆头，他决定将楼听雪关起来，寸步不离地看着。

楼星星把师尊当作至高无上的神般敬奉着，这些天，他奔波在三界扫清一切，身上的衣服都烂成了布条子，而楼听雪依旧衣着精致，养尊处优。

"你到底是什么？"楼听雪被楼星星束缚于魔界血海的地宫之中，至于这里的万千魔头，早被楼星星弹指一挥间，化作了血沫。

杀魔头，是最不用费劲的，因为不用区分好坏。

见识过楼星星神威的楼听雪齿关打战："你真的是神？"

"不，师尊，我非人，非神，亦非妖魔。"楼星星稍做休息时，便爱像他刚"出生"时那样，坐在楼听雪旁边，与他谈天，"应当说，我并非三界中的任何一种东西。

"非要说我是什么，应当是道，师尊说的正道，是我的一种。"楼星星道，"我也是天命，我要将三界恢复到天道满意的模样，它许诺我，到时会让仙尊当一位神，开天辟地的神。"

"师尊，到时候和我一起吧。"

楼听雪抿紧了唇，不肯言语。

终于，在人族、妖魔都被楼星星一一清理后，轮到了九重天上的神仙。这一窝一窝的神仙如下饺子般来到了人界，各自祭出法器。

只是那些法器近不得楼星星的身，甫一接近便化成了飞灰，如他之前化掉楼听雪的剑一般。

楼星星做这些事时，楼听雪便被强制带到一旁坐着，亲眼瞧着楼星星是如何大杀四方，将那些神将一一打散神魂的。

弑神是一件天道不容的事，可楼星星杀了百十位神君，莫说天道不容，就连雷劫都没降下一道。

这世上无人、无神、更无道能奈何他，楼听雪仿佛要亲眼见证这灭世的结局。

九重天上的天帝终于坐不住了，他率领众神准备迎战邪魔种，并将从上古至今诸位仙君积攒的神兵法宝全部拿了出来。能稍微困住楼星星的，只有混沌中生出的至宝，天帝手中的昊天塔在两方交锋后，头一次将楼星星生生压入塔内。

正当众仙松了一口气，以为能有奇效时，塔身出现了裂缝，似乎即将要分崩离析。

显然，这宝物能稍微困住邪魔种，但也仅此而已。

捧着司命册的大司命则从众仙堆儿中挤出来："神兵利器都杀不得他！只有，只有那个凡人，那个凡人知晓他唯一的弱点！"

云端之上的神灵齐齐看向地面上的楼听雪，他不过是个被邪魔种束缚在方寸之间的凡人，连逃命都做不到，哪里像是知晓邪魔种弱点的样子。

大司命趁着楼星星被困，飞身至楼听雪眼前，恳切道："仙友，如今只有你能救这三界了，你手中握着那邪魔种的弱点。"

"我若有救世的能耐，岂会被困在这里半步离不得？"楼听雪不信，连他自己都已经快放弃挣扎了。

"我所言皆真，只要是我能卜出来的卦，都是准的，你的确是改变他命数的人！"大司命卜出楼星星降世，卜出他是个毫无弱点的邪魔种，可如今，他也卜出楼听雪是他唯一的变数，"你能阻止他，也只有你能阻止他！"

司命掏出一块残剑碎片："这是天帝剑的碎片，是当年铸造轩辕剑时余下的，它应当是如今天底下唯一能捅穿那邪魔种的东西了。做与不做，全看你自己。"

若是楼听雪不情愿，这剑，也能帮他脱困。

⑪

楼星星最终还是震碎了昊天塔，上古神器眨眼化作了碎片。众仙见他飞身而出，都忙着逃命，作鸟兽散，没有人敢与他正面对上，生怕被化去神魂。

不过昊天塔似乎也着实伤到了楼星星的元气，他没有乘胜追击，只是浑身破破烂烂地飞回了地上，扑进了他给楼听雪设下的结界中，累得不轻。

等楼星星回到结界里，楼听雪才看清他身上处处都是伤痕，皮开肉绽，虽然没有血痕，但仍旧触目惊心。

"不疼吗？"他问。

"不疼，师尊，疼是什么感觉？"楼星星像孩童一样趴在楼听雪的膝头眯起眼，他的师尊教会了他许多，但独独疼，他至今没有感受过，哪怕当年被林瀛声的剑刺穿了肩头，也不过是一阵寒意。

"疼就是，"楼听雪看着他的发顶，最终硬生生移开视线，"就是想哭的感觉。"

楼星星闻言忙爬起来，跪直身子去看楼听雪的脸，他化出活水洗净自己的手，才敢去触碰楼听雪的衣角："那师尊总哭，是哪里疼吗？师尊等我，我去找天上的那些神仙，讨要灵药。"

楼听雪只怕神仙见到他都像老鼠见了猫："你不要去，灵药也治不好我。"

作为凡人，楼听雪受不了楼星星对他这种讨好到近乎卑微的态度，明明楼星星杀了他诸多同门，又杀这天下大半黎民百姓，害得人间民不聊生，但他又斩杀了妖魔，解决了天下修士与百姓的心头大患，可同样，他还弑神，并信誓旦旦要楼听雪做这世上最后的神仙。

似乎，楼星星真如他所说，是天命，是天降的杀戮。

楼听雪已经不知道楼星星究竟是他的劫难还是他的福泽了。

毫无疑问，在乱世中，他被楼星星护得好极了，半点苦都没有吃，可为什么，只要看到楼星星，他的心就好痛。

楼听雪问心有愧。

"师尊究竟是哪里疼？"楼星星追问个不停，楼听雪不说，他就一直问。

楼听雪只好指了指自己的心口:"这里。"

楼星星神情猛然变换,继而惊慌起身。他还记得,楼听雪和他说,这下界的生物都有一颗心,这是所有下界生物的命门,倘若没了心,就会死。

"我们去找仙丹来。"楼星星抓起楼听雪的胳膊,将他拉起,"师尊的心,不能一直这样痛,万一它坏掉了怎么办?我不要师尊死。"

楼星星紧张的神情全数落进楼听雪的眼睛里,同样勾起了楼听雪记忆里那段他们初见时的画面——那时楼星星学着他的样子,也有了一颗鲜活跳动的心。

楼听雪任他拉着,突然问:"我的心坏了会死,那你的心呢?"

楼星星回眸,笑道:"我当然也与师尊一样,我的心也是心。"

天命,不死不灭,可他当年因为楼听雪,生出了唯一的弱点——一颗人心。

被拉着往前走的楼听雪看着眼前楼星星的背影,对方对他毫无防备,又或者楼星星根本没什么好怕的,楼听雪这样的凡人,纵使知道他的命门又能怎样?

但如今的楼听雪手中有天帝剑的碎片,他本来想留着它到自己撑不住的时候自刎,可眼下,他知道了楼星星的弱点。

这是只有他知道的弱点,是他亲手为楼星星养出的弱点。

"星星。"楼听雪停下了脚步,声音颤抖,"是师尊对不住你。"

一直往前走,想要带着楼听雪走出魔界沙海与荒漠的楼星星回头,他看到了楼听雪泪流满面的脸,这张脸熟悉得很,是他曾看过的,那眼神中满是决然和悲怆。

那是叫他感觉不妙的未来,亦是现在。

但楼星星还是下意识上前,摸上楼听雪的心口询问:"师尊,是心又疼了吗?我们去找灵药……"

话未说尽，楼听雪手中尖锐的天帝剑碎片便刺进了楼星星的胸膛，同时刺穿了胸膛下蓬勃跳动的心脏，这无敌天命唯一的命门。

眼前的一切都仿佛停滞了。

楼听雪看见楼星星盯着自己的关切在意的眼神变得恍惚，继而充满了不可置信。楼星星低头看着自己胸口无法化成粉末的上古神器，又看看满脸是泪的楼听雪，眼圈红了。

这一刻，天命自降生起便不该有的五感瞬间齐全，楼听雪教他明白了何为痛，因为他也要流泪了。

楼星星捂住心口倒下，他拼着最后一点力气，伸手去扯楼听雪的衣摆，口中轻轻唤："师尊，师尊……"

他感受到楼听雪滚烫的泪砸在他手背上，却不曾低头看他一眼。

楼星星也不怨，他对楼听雪从无怨恨。

他只想，还好师尊没有答应与他同活。

12

三界的一场浩劫终了，天道降下的无解邪魔种被肃清，三界因此得以保全，而此战中的大功臣，是个凡人。

为表功绩，天帝下旨封神，请不仄山楼听雪飞升上界，却被对方毅然拒绝。

楼听雪心知肚明，他此生不该再有任何登仙的机缘，现在飞升于他而言，也不再那么重要了。他只想留于俗世，做一个心会跳、会痛的凡人。

只此而已。

又一个百年逝去，岁星当空，漫天流星。

而凡间再无不厌山第一仙师。

13

人界百年，沧海桑田，变化万千。如今的人间进入灵气稀薄的末法时代，修士再无法像百年前一样一窝窝往外冒，有天生灵根的孩子，犹如凤毛麟角。

有传言说，这是天道不再允许凡人飞升，凡人痴缠怨念难以除净，本就做不了神仙；也有传言说，是两百年前那场浩劫中的邪魔杀了太多修士，人界修真的气运在那时便走到了头；更有传言说，是现如今的宗门不成，百年前楼听雪还未寂灭时，凭一己之力带出十几位白日飞升的大成者不会再有了。

"喂喂，你们有没有听说过，那邪魔其实也是楼仙师的徒弟。"

"楼听雪的徒弟难道不是在浩劫之初便死了吗？"

"你傻啊，传言那时他有两个徒弟啊。"

"两个徒弟？真的假的？"

"嘎吱——"

正殿的大门被人从外推开，一白胡子老道举着拂尘，将这一堆儿没在好好做事的弟子们抓了个正着。

"叫你们好好清扫大殿，结果都在这里聊天！"

见到掌门，弟子们忙拎起自己的扫帚抹布，一溜烟顺着大殿往后跑："掌门，我们该干的都已经干完了！真的干完了！"

老道一甩拂尘，侧过身，恨铁不成钢地冲身后的首徒道："就这些不争气的玩意儿，早晚能把我气死。阿雪，你记得好好教导你的这些师弟们，看看他们现在像是什么样子，只有一门心思修炼，才能早日飞升啊。"

"师尊，飞升也要机缘的，一门心思埋头苦修也没用。"叫阿雪的修者乃神意门中的首席大弟子，他与芸芸众生不同，乃天生英才，身处末法时代，却二十结丹，一举震惊了整个修真界。

多少宗门眼馋老道捡了个好徒弟，这天资，真是打着灯笼都难找。

老道一拂尘扫过徒儿的俊脸："走吧，同为师下山，去寻你的机缘，为师算到了。"

"师尊，您又算出了什么东西啊？"阿雪摇头扶额，"五年前，您有一日说算出了我的机缘，将二师弟捡回来了；第二年，我又有了新的机缘，三师弟就被捡回来了；第三年是四师弟，第四年是五师弟——您算出的到底是我的机缘，还是您自己的徒弟缘？"

"你这孩子，怎么不相信师尊呢？这次保准是真的，错不了，跟上来！"老道一扬拂尘，背对弟子的神情不太自然。

这出错也怪不得他，只能怪天上的大司命实在是没个准，每次说的地点都不一样，还说得格外模糊，搞得他次次找来的都不是那个人。

当年邪魔种被灭，等众仙去寻他的尸骨时，只找到了楼听雪，按照楼听雪所言，他是忽然不见的，死去的邪魔也如他杀的人那般，化作了飞雪般的灰。

本以为邪魔种已死得透透的，但百年前，随着楼听雪彻底寂灭步入轮回，大司命再一次在天道卦象中寻到了相似的气息。

仿佛一切都要卷土重来。

一时九重天上手忙脚乱的，找不到合适人员，只好踹了老神仙下来寻他弟子的转世，同时也寻邪魔种的下落。

老神仙化作老道寻到了阿雪，却迟迟没有找到邪魔种，只怪大司命算得不够准，让他次次跑空。

阿雪对于下山再为自己寻一位师弟的事毫无兴趣，如今他结丹五载有余，也该去闯荡闯荡，斩妖除魔，行侠仗义了，他的机缘，应当他自己去找。

于是，在同老道出发的前一日，神意门首席大弟子留下一封信，就离开师门出走了。

14

又是一年岁末，名叫阿雪的修士来到一座荒山，听山下的人说，这山上住着大魔，他们求阿雪替他们斩妖除魔。

夜深，天上高悬明月与岁星，满是松柏的林子里阴风阵阵，从树梢上落下的雪花簌簌飘进年轻修士的脖子里，冷得人一激灵。

除了雪松冷冽的味道，阿雪却未在这林子里嗅到任何妖气和邪魔的气息。

也是，这世上哪儿还有那么多邪魔妖怪。

正当阿雪准备原路返回，有什么东西"扑通"在他身后落下。他扭头一瞧，眼前不知道从哪儿凭空冒出个昏厥的男人，冰天雪地的，若放任不管，只怕是要冻死。

年轻的修士忙凑上去，解下自己的斗篷给他裹上，继而轻轻拍着男人的面颊："喂，醒醒，你还好吧？怎么这样躺在林子里，不会是遇到劫匪了吧？"

双眸紧闭的男人睁开眼，瞧着阿雪的模样，讷讷道："劫匪。"

"你真遇到劫匪了？我先带你下山再去报官，你是住在山下吗？镇子上还是哪里？"

"哪里。"

"你在学我说话？我问你，你家在哪里？有没有名字？"

"名字。"男人垂眸，盯着阿雪拍他的手。

阿雪语塞，心道：完了，不会是个傻子吧？

阿雪费劲扛着这个可能是傻子的人下了山，只是山下的住户没人承认这是他们镇上的人，都说不认识。而他又像是彻底认准了第一眼看到的阿雪般，扯着阿雪的剑穗不肯松手，阿雪走哪儿他跟到哪儿。

没办法，总不能抛下他不管，修士只好带着他一起赶路。

阿雪看着坐个牛车都要抓着他袖子的男人："一直叫你'喂'不太好，你没有名字，那我给你取个名字，好不好？"

"好。"会说些简单语句的男人点头。

"我见到你的那天，天上挂着好大一颗岁星，你就叫阿星吧，星星，好听吗？"

阿星点头："好听。"

地上牛车慢悠悠地晃，天上星星远远地闪，叫阿雪的修士和叫阿星的"傻"男人，再度踏上了新的旅程。

·终

仙师他只想飞升

草根逆袭"美强惨""龙傲天"
×
热血暴躁"黑切白"神兽

命运将我击落崖底，与你并肩所向披靡。

我这凡人，一不小心就成仙了

我这凡人，一不小心就成仙了

文/黄英

喜欢写故事，爱做梦，尤爱黄莺草。

[01]

蜀国兴修仙，仙师白无极更是蓬莱仙山的荣耀。

他弱冠之年就飞升成仙，九重天上见过仙界上神，被赋予掌管蓬莱仙山的神圣权力。

而就是如此圣名远扬的仙师白无极，却当众徇私庇护他的徒弟孟文煊——那个杀了我爹娘的孟文煊。

为了给爹娘报仇雪恨，我日夜兼程地赶路，草鞋都磨烂了，带血的脚踩在蓬莱的白玉台阶上的那一刻，我看见一众白衣胜雪的仙门弟子正笔直站立，手执仙剑，于大殿外练习御剑之术。而蜀国第一仙师白无极则站在最前方，指点着他的内门弟子孟文煊学习剑法。

我穿着破破烂烂、遍布乌黑血痕的布衣，出现在众人眼前。

他们挥出去的剑停滞在半空中，每双黑白分明的眼珠都紧紧盯着我，透露出鄙夷和不解。

我一步步走过去。

最后方的弟子齐齐用剑指着我，态度不友好地质问："你是凡人？可知你这是擅闯仙家洞府？"

我死死盯着最前方白衣上绣着兰花草的孟文煊，他脸上的表情没有半分波动，甚至清冷出尘，仿若对我毫无印象，也对他当街砍人之事毫无印象。

我将视线移到他身旁的白无极身上，用嘶哑的嗓音自报家门："我来自蓬莱山下的白云郡，我爹娘经营客栈，青天白日里被当朝太子孟文煊挥刀砍死了！

"我不是擅闯仙家洞府，只是来讨回公道！

"求蓬莱仙师为我这凡人主持公道！"

白衣弟子们皆不为所动，纷纷为仙门辩解道："荒谬，文煊可是蜀国的太子，他仁慈友爱，怎会像你说的那般当街杀人？"

"我看你根本就是想进蓬莱修仙想疯了，编出这种谣言威胁仙师，污蔑文煊。"

"我没有！"我大吼一声，悲壮万分，内心的冤屈难伸，愤懑不平，"他孟文煊身为太子，那日来到白云郡，就因我爹忤逆了他，他便大发雷霆，举剑伤人。我娘去拦，反被他一同刺死！"

我大声质问："孟文煊，此事有是没有？！"

我以为仙师公正严明，绝不偏心。

神仙，不都是应该不悲不喜的吗？

可白无极却在第一时刻将爱徒孟文煊护在身后，用清冷无情的眼神凝视我："文煊既已身入蓬莱，便不再与凡间有任何瓜葛。而你这凡夫俗子，执着人间的嗔恨，满身罪念，是谁准你进入我宫殿的？"

我往前一步，五六只剑尖已直直刺入我的腹部，伤得我鲜血直流。

他们用剑将我压倒在地，剑尖再度刺入我的四肢，我气愤反抗，却被视作进攻。

众人将我围成一圈，仙剑寒光乍现，齐齐指向我时，站在仙师白无极身旁的孟文煊忽然开口了："众位师兄，还请看在我的面上，对这凡人手下留情。"

刺伤我的仙剑停顿在我身体里，我瞪着孟文煊。

只见他嘴角含笑，眼神却冷如蛇蝎："我确实，亲手杀了这位小兄弟的爹娘。"

众人一片哗然，白无极也眉头一皱。

可讽刺的是，不过一阵风吹的时间，就有弟子为他申辩："文煊的为人我们是知道的，若非那刁民该杀，他绝不会如此。"

"是的，我们都信文煊。"

"我们都信。"

孟文煊竟然坦坦荡荡走到大家面前，亲自将我扶起，眉目中带着冷淡、伪善的慈悲："小兄弟，我杀了你爹娘，是为民除害，他们该死。只是那日蓬莱仙山的招生在即，我无法逗留，不然一定给你安排个好去处。"

他微笑道："如今你亲自来了，我也愿弥补你。我以蜀国太子的身份，赐你黄金万两，回到凡间去过逍遥日子可好？"

我举剑就想刺这狼心狗肺的杀人凶手，可我手无缚鸡之力，只是小小少年，他却自小金尊玉贵，又师承白无极，体力武力都胜于我。他嘴角的笑容都未消失，只是轻轻念咒，我手中的剑还没挥到他身上，便碎成齑粉了。

下一刻，我就被仙门弟子团团围住，打倒在地。

孟文煊走入人群，站在我面前，恶狠狠地盯着我，慢悠悠道："小兄弟，你就那么恨我？若看不上红尘凡间的黄金万两，不如留在蓬莱？

"我见你眉眼清澈，凌厉无匹，是个好苗子，你若愿意，我愿亲自向师尊请求，留你在蓬莱。只是以你这凡人资质，内门弟子你是做不成了，但可以先从伙房的杂事做起。

"蓬莱，是多少蜀国子民的梦，还望你珍惜机缘啊。"

他虚情假意的话说出来后，我的心脏都要被拧碎了。

这一刻，我多么希望自己也能拥有至高无上的仙法，那我一定踏碎蓬莱，屠杀今日所有庇护孟文煊的走狗！

孟文煊本就高我一头，我捡起身旁的一把短剑，再次猛地向他刺去。

而他动都没动，眼前就有师兄替他阻挡，接着一脚踹在我胸口上。

我从高大的台阶上滚落下去，耳畔仍是他虚伪至极的声音："师兄还请手下留情，他是可怜人，遇到了一对恶公恶婆做爹娘，才善恶不分的。如今我愿为他讨个情，就让他留在蓬莱做事，我相信，终有一日他会幡然醒悟。"

其他人听了却不以为然："文煊，你慈悲心肠，是天选修仙之人，哼，那少年是积了几辈子福，才能让你为他出口求情。"

我被仙门弟子打落蓬莱山，穿过缥缈的云层，直直地向下坠落，犹如断线的纸鸢。

直到"扑通"一声，我摔到无极崖底，筋骨尽断，口吐血沫，支离破碎的四肢不受控制地抽搐，鲜血横流落入湿润柔软的泥土。

昏死过去前，我感受到身下的泥土，似乎动了动。

乌黑湿润的泥土下，隐藏着一只巨兽……

爹，娘，孩儿好恨。

孩儿真的好恨啊。

[02]

再度睁开眼睛时，我依然躺在无极崖底。

晴空万里，云霞泛着金色光芒。我浑身疼痛，动弹不得，感觉到手掌被一片毛茸茸的东西划过。

"你醒了。"一道爽朗的男音从我头顶上方传来。

只见他金瞳光耀如宝珠，浑身上下都生着金色毛发，有着一双猛兽般锋利的爪子，身高如树，强壮似象，身躯庞大，犹如万兽之王。

我浑身剧痛，无法动弹。

他观察片刻，蹲在我身旁，一双猛兽爪子左右揉捏我的脸，疑惑道："你是不是姬衡？"

"你怎么知道？"

"我闻得出你血的味道，你娘的血，也是这个味儿。"他嬉皮笑脸，话里有话。

我闻到他的爪子上残留的野兽气味，有些惊讶："你认识我娘？你是谁？"

他追忆起十几年前发生的事，虽是野兽形象，神态却并不骇人："我叫金猊狮，你小时候跟你娘遇上人贩子，还是我路见不平救了你们。

"真是想不到咱们还会再见面，我不管，你得向我报恩！"

"报什么恩？"我瞪大眼睛，且不说他讲的是真是假还不确定，就凭我一个手无缚鸡之力的凡人,又能帮他什么?

金猊狮有一双好看的眼睛,忽闪忽闪地盯着我,像是对我寄予了厚望:"我要你帮我离开无极崖底,解除蓬莱的臭神仙给我设下的封印。"

我?就凭我?一个被仙家弟子打落山崖的凡人少年?

我觉得他在痴心妄想,他却无比肯定:"就是你!你可是我在这儿十几年来见到的第一个人!

"忍住了,我要给你接骨头了。"他一本正经将我摔得七扭八歪的身躯摆正,嘴里念念有词,咒语乱飞,纷纷变成金黄色的字砸入我的身体里。

"咔吧!"

"咔吧咔吧。"

我浑身的骨头在他的掰扯中剧痛无比,我泪流满面,不停央求他别医治我了。

可他丝毫没有停下手的意思,动作反而越来越快。

很快,我感觉到身体的剧痛在减轻,最后我能动弹了。

他将我扶坐在一棵古老的黄桷树下,我后背依着粗壮的树根,身下是他给我铺上的一层柔软落叶。

我轻轻扭动还在微痛的手腕和腿,见他并无恶意,才悲观道:"我帮不了你什么,我爹娘被孟文煊杀了,我这次来蓬莱,就是想求仙师主持公道的,可……你看到了,我被蓬莱的仙人们打落到了无极崖底。"

他坐在黄桷树枝上,不正经地晃荡两条腿,颇为不屑地看我:"不过是被打落山崖,你就一蹶不振了吗?爹娘被杀你不恨?你就甘心这样窝囊地死在崖底?"

"当然不是!"我愤怒喊道。

171

金猊狮目光灼灼地盯着我，回忆过往："当年老子善心大发，杀了拐卖你和你娘的死瘸子，救了你俩的命，因此才被蓬莱这帮道貌岸然的伪君子们盯上了，非要将我缉拿，强行把我封在这无极山上。帮我出山，这是你跟你娘当年欠我的！"

咔的一声，树枝被他的重量压垮，他扑通一声摔到我眼前。

此刻我已经能站起身来，并感受到体内涌动着一股神奇的能量。我能跑得更快，跳得更高了。

他拍了拍身上的灰，翻了个身躺在草窝子里，懒洋洋说道："你浑身摔断的筋骨，我都用兽文咒给你接上了，这东西的威力，堪比金钟罩铁布衫，从此你的肉体凡胎，将被我万兽之王金猊狮所保护。"

他大剌剌从怀里掏出一颗红得发光的果实扔给我："吃了这红果子。这可是无极崖底千年才结一回果的灵果。你肉体凡胎又无仙缘仙根，这东西能补你的内力，助你修行。我们做个交易，我助你修炼，你日后帮我冲破封印，如何？"

见我不回应，他又威胁："你要是不帮我，我就立刻吃了你。"

我果断地答应了，虽然不知结果如何，可如此窝囊地死在无极崖底，我实在不甘心！

"你的身躯受制于我的兽文咒，若你离开崖底后不履行诺言，必遭反噬。"复仇的火焰燃烧在金猊狮的眼眸里，他恶狠狠地告诫我。

我果断吞掉灵果，浑身疲倦一扫而空，力量瞬间充满身躯，助我一跃而起，飞出崖底。

只听见下方传来金猊狮威武雄壮的狮子吼，震彻山谷，杀气腾腾。

蓬莱，依旧是昨日的蓬莱。

仙门弟子们见到我回来，都很意外。

他们常聚集在离我不远的地方议论我："一个卑贱凡人也能来到蓬莱，简直是在侮辱我们正经修仙的。"

得孟文煊的求情，我被留在了伙房。

说是好事，实则是折磨。

伙房的人都听说了我与蓬莱第一仙师的内门弟子孟文煊不和睦的事，自打我进入伙房的第一日起，就指使我端茶倒水、播种切菜，做不好就打骂，有时甚至连饭都不给我吃。

好一个蓬莱，好一个仙境地狱。

"看他那自不量力的样子，还斗胆跟当朝太子对着干，文煊的仙缘可了不得，他可是前世的武曲星下凡，投身为今世的蜀国太子。"

"他算什么东西，也敢跟武曲星对着干？"

我低着头，装作什么都没听见，端了一盆洗净的青菜，打算从食堂进入后厨，却还是被三个白衣弟子拦住了。

"所以说，贱民就是贱民……"

那天，为孟文煊杀我爹娘之事辩解的白衣弟子吴凌鹤打掉了我手中洗干净的青菜，挑衅地望着我，补上了未说完的后话："不服命运，还敢冲撞文煊小师弟这样的贵人，你就活该爹娘死绝，常持贱业！"

我面无表情，藏在衣袖之中的手却偷偷掐诀，以心为口，念动金猊狮教我的咒语，丹田发热。在众人未察觉时，从我肋骨处迅速挤出一个金色咒文，以迅雷不及掩耳之势钻入了吴凌鹤的心肺之处。

他还在冷嘲热讽。我知道他甘心当孟文煊的走狗，只为了日

后孟文煊飞升了能念他几句好。

兽文咒,是金猊狮一族的胎传密法,是每一只凶兽的天赋。此咒可以用咒语控制他人神志,而且咒文一旦入体,便会融入内力,无法验出。

这一次,我要孟文煊与他的慈师白无极一同尝尝因果报应。

03

吴凌鹤对我的刁难并未随着我的沉默退让而停止。

整座蓬莱仙山的学子们,都知道我毫无仙缘,亦无资质,是个被"求情"就"轻轻松松"留在仙门的凡人,因此他们经常扎堆欺负我。

尤其是吴凌鹤。

尽管他身上被我下了兽文咒,但我没修过仙,所以操纵他十分艰难,往往我费尽全力也只能控制他从伙房偷一碗青菜出来。

但这也够了,我要用他的"偷",在未来做件大事。

讽刺的是,每次孟文煊看见我被人欺辱,都会站出来为我求情。

同门们无不赞叹他品德高尚,毕竟连一个企图讹他的贱民百姓都能被他宽恕。而他,却云淡风轻地微笑:"修仙者,理应如此。"

一时间,大家纷纷认为优秀如孟文煊,必然是蓬莱下一个飞升成仙的弟子。

只有我清楚,他表面越是装作谦谦君子的样子,内心深处越是个极度自私自利、冷血残酷的人。

他眼底对我的嫌弃是藏不住的。

我一直不明白,像他这种残忍又有心机的人,我于他而言就如同一只蝼蚁，他怎么就没像弄死我爹娘一样弄死我？

直到一日我为学子送菜，无意在门外听见白无极与孟文煊讲话，这才知晓缘由。

白无极："文煊，九重天的法会就要开始，可你过往在凡间曾有过杀戮，待到飞升成仙那日，必然有神官前来清算，为师很是担心。只有这凡间杀戮之事了结，你才能真正飞升成仙。"

孟文煊咬牙道："师尊，是姬衡的爹娘害了我。因为他爹娘，我才犯了杀戮，但弟子心中早有对策，师尊不必担忧。"

"我留姬衡在蓬莱，也是想着有朝一日，他能为我所用。"

白无极不解："为你所用？"

孟文煊解释道："若姬衡流落凡间，我杀他爹娘之事必有暴露的风险，若他就在我们眼皮子底下，还做了我的师弟，有朝一日，他会在为我护法时'走火入魔'，那我身为师兄，必须要为他'斩妖除魔'才行。"

"如此灭口，天衣无缝，自然不会阻碍我们的升仙大计。"孟文煊俊美的脸上写满恶毒的算计，他恭敬俯身向白无极行礼，"只是，还要恳求恩师相助，让姬衡修行低级仙术，待到时机成熟，便依计行事。"

白无极思索片刻，虽知此计下作，却还是面不改色应了："我准你如此，此事切莫叫他人知情。"

"你是我蓬莱仙山几十年才出来的一个上等仙缘之人，为师定要你成为蓬莱的荣光，至于其他事，咱们不必在乎。"

听着他们如此轻易就决定了我的生死，我手里端着的餐盒都被攥得裂开了几道口子。

正要离去，我就被身后的人踹了一脚，我一仰头，直直将饭盒扔了出去，人也摔趴在地上。

吴凌鹤跟几个同门师弟语带恶意："真是冤家路窄，怎么到哪里都能碰见你这个小贱民？"

我趴在地上一动没动，身旁的殿门被白无极拉开，他一脸不悦吼道："闹什么？"

吴凌鹤与身后几个师弟见到是师尊，登时吓得脸色惨白，立即躬身行礼："师尊！"

白无极见我趴在地上，很意外："你……"

我一瘸一拐站起身来，噙着一抹冷笑："无极师尊。"

白无极沉默不语地看着我，而孟文煊却主动走过来问我是否有事，还要亲切地拉起我。

我不动声色避开他"关心备至"的问候，转而问白无极："仙门弟子欺负凡人，依师尊的看法，是否当罚？"

白无极还没讲话，对面的吴凌鹤就不忿骂道："你一个贱民能进蓬莱做事已经是你死爹死娘积来的福，你也敢在仙师面前……"

"吴凌鹤，身为仙门弟子，你出口伤人，是哪里的规矩？身为仙门弟子，欺辱凡人，又是谁教你的？我蓬莱可没有这样的规矩。"

白无极的训斥令吴凌鹤再不敢出声，他赶忙跪在地上求饶，白无极很快罚他去跑山了。

事情告一段落后，白无极却忽然叫住我："你与文煊一同进殿，为师有话要说。"

孟文煊直直坐在殿内，白无极坐在上位，我则站在孟文煊的旁边。

白无极先是看着我，酝酿半天，才道："姬衡，你与文煊从前在凡间有过一场孽事，但如今你在蓬莱，这里地处仙界，你也知道蓬莱是修仙之处，并非普通凡人可进入的。

"如今，我愿给你个机缘，让你与文煊一同修仙，成为我的外门弟子，你可愿意？"

我干干脆脆回道："我不愿意。"

白无极以为自己听错了，就连孟文煊都觉得匪夷所思，猛然转头看向我。

我笑出声来，冷着脸，继续道："我不愿意。"

"修仙之人就不龌龊吗？和杀了我爹娘的仇人做师兄弟？我怎能愿意？"

白无极高高在上，此刻也被我气得重重拍了一下桌子："你说什么？前尘往事，不提也罢，修仙飞升，乃凡人一生所念，你当真不明白其中的利害吗？"

我质问："前尘往事？我本就是个凡人，是你这爱徒亲手杀了我爹娘，害我无家可归，流离失所。而你身为仙师，毫无仁德，只知道一味护着你这爱徒。

"这前尘他根本就没受到惩罚，又凭什么还能修仙飞升？他也配？就因为他的前尘是蜀国尊贵的太子？是上等仙缘武曲星转世？"

面对这对黑心肠的师徒，我狠狠道："我不想修仙，我只想回凡间。"

孟文煊也急了："师尊可是蓬莱第一仙师，师弟，不要跟如此珍贵的机缘过不去。"

我脸上的嘲讽之意浮现出来，轻蔑地看着他："这声师弟，你倒是叫得急，仿佛我真的答应你了。"

孟文煊的脸上闪过一丝尴尬之色，暗中在袖里攥紧了拳头。

砰的一声，我被一股强大的掌力打出一丈多远，打得我口吐

鲜血，浑身骨头都差点碎了。

"混账东西，斤斤计较过往，我的徒儿岂是你这种下贱凡人所能冲撞羞辱的？若非为了大局，你又有何资格拜入我的门下？"白无极骂道，骂完又补了一掌过来。

我被打得骂完起身，七窍流血，浑身发烫，登时就昏厥了过去。

等再醒过来时，我已经躺在了寝室。

这寝室是白无极的侧殿，能住在这里的，皆是他的学子。

而我的床铺在靠门的位置，很冷，床榻上只草草铺了一层棉褥，冷得人瑟瑟发抖。

我被白无极打得遍体鳞伤，醒来的第一件事，就是通过兽文咒找来被罚去跑山的吴凌鹤。

因为兽文咒的控制，他很快出现，且面目呆滞。

我念着兽文咒命令他："去白无极殿中，找到打开无极崖封印的钥匙，打开无极崖封印。"

我要将传授我兽文咒的金猊狮放出来。

吴凌鹤在兽文咒的驱使下，得令后离开。而我则趁着他去找钥匙的工夫，挣扎着起身，想去藏经阁找几本书来修炼内力。

如今我肉体凡胎，虽然吃了千年灵果，又因为金猊狮的咒文加持，得以受伤不死，可始终不是孟文煊的对手。

午夜时分，各方学子都就寝入眠，只听咚的一声巨响，震撼了整座无极宫殿。

室内的灯烛开始从各房亮起来。

我眯着眼睛，听见外头传来一阵阵呼喊："快去禀告师尊及其他宫殿的上师，疑似有人偷了开启封印的钥匙，导致封印遭到破坏，无极崖困住的凶兽破山而出，眼下正在外殿四处喷火，烧毁宫殿！"

04

顷刻之间，宫殿之内的弟子们来不及整理仪容，个个都举剑跑了出去。

我沉默寡言地跟在他们的身后。

只见天上有一只火红色巨兽，金色的眼珠正四处喷着火，直到他见到了我。

他扑棱着巨大翅膀，从天边低飞过来，吓得一众学子们大呼小叫，扑棱防御，然而他们的力量还不如这巨兽吐出的一颗火球威力大。

那巨兽在离我只有咫尺之遥时，用只有我能听见的声音，对我说："姬衡，你我后会有期。"

他爪子上有一团火，直接掉在了我的胸口处，烧伤痛得我满地打滚。

而后，他便再度飞向天际，顷刻间消失不见了。

一身火光的金猊狮离去后，整座无极宫殿又恢复了清冷漆黑的模样，地上只剩下那些被烧焦的断壁残垣。

"放肆！立即去查，是谁做的好事！"

本来今夜白无极正在为孟文煊护法修炼，准备三个月后助他飞升成仙，然而护法到一半，就听见外殿出了事。孟文煊因此急火攻心，吐了一口血，白无极怒气冲冲将三殿学子齐聚一堂，清点人数，势要夜审出偷拿封印钥匙的弟子。

他最先怀疑的人就是我。

因为养伤，也因为他根本不愿意教我仙术，且我一直躺在外

门的寝室里，有着最大的作案动机。

可也因为我不受重视，压根不知道那封印无极崖凶兽的钥匙在哪里，且以我的身份，根本进不去他白无极的宫殿，他这才无奈将怀疑的目光转移到其他人身上。

此刻，众位弟子整整齐齐站在一起，正在接受搜身。

叮当一声，大家都向着声音的源头看去。

只见吴凌鹤面色惶恐，为自己辩解："不是我！我没有偷钥匙！"

大家默契地将他围在中间，而那把能解开无极崖封印的钥匙，正明晃晃躺在吴凌鹤的脚边。

一众师兄弟将他围在正中间，逼问他："你为什么要偷无极崖的封印钥匙，擅自放走凶兽，意欲何为？"

"你害得师父最疼爱的文煊师弟在修炼时受伤，你该当何罪！"

"我猜他是嫉妒小师弟，文煊在凡间是太子，如今来修仙，一来便被师傅收入内门，做了最尊贵的弟子，又有仙根仙缘，能飞升成仙，他必然是嫉妒文煊，才会放走凶兽，害得文煊受伤！"

吴凌鹤被逼反驳："我没有！我没有偷钥匙！也没有要害小师弟！"

"你没有？我今天亲眼看着你进的师父房间！明明师父罚你外出跑山，我们无极宫的人，谁不知道跑山没有一天一夜是跑不完的？而你上午才去跑山，中午便出现在师父殿中，你又要做何解释？"

"你就这么嫉妒文煊吗？文煊多无辜啊！"

被众人指责的吴凌鹤脸上一阵阵的苍白，最终他掠过人群，踉跄着跑到孟文煊面前，他恳求道："小师弟，我真的没有！我怎么会害你？"

昔日那些曾跟他一起欺负我的学子们，此刻都不再向着吴凌鹤，只是不断指责他，并请求白无极将吴凌鹤赶下山去。

吴凌鹤见墙倒众人推，吓得紧紧攥住孟文煊的衣袂："小师弟，我真的没有！我真的没有啊！"

而孟文煊面容铁青，嘴角还残留着一丝血迹，他冷漠地抽回被吴凌鹤当作救命稻草一般抓着的袖子，后退一步，站在白无极身旁，居高临下，云淡风轻地说道："我向来一心修行，不理世事，师兄既说钥匙不是你偷的，此事便交由师尊与其他仙师处理吧，与我无关，你亦不必来向我求情。"

说着，他向白无极行礼，先行离去。

至此，吴凌鹤瞬间成了大家群起攻之的对象，甚至连我都被忽视了。

因偷拿钥匙解除无极崖封印一事，吴凌鹤被关入雪竹林禁足调查。

我冷眼瞧着他的下场，心中畅快。

当初，就是吴凌鹤第一个在大家面前对我说："我相信文煊师弟，就算文煊师弟杀了你的爹娘，那也一定是你爹娘该死。"

如今他有此报应，也是活该。

夜晚回到寝室，我沐浴时，发现胸口忽然生出一个兽图腾。

我用手擦拭，兽图腾就变得滚烫起来。

忽然，我听到身体里传来金猊狮的声音："喂喂喂，别这么粗暴地搓磨我好吧，很痛的。"

我惊道："你不是走了吗？你现在在哪儿？"

下一刻金猊狮不正经的声音就回荡在我耳畔："我在你的身

体上留了我的一尾分身,也就是这个图腾,你有事情找我的话,搓搓图腾,我便会现身。"

说完他话题一转:"行啊你,没想到你真的助我脱离了崖底囚禁。那我也会帮你一次。

"我这一朝出山,必然要毁掉此山,在这之前,你要去做件事,且一定得是你去才行。

"这座无极山是座灵山,因贴近仙界,得仙露仙气滋养,因此生长了一株化仙之果。化仙果极为难得,得是千年的仙露浇灌,百年的灵兽血滋养,五十年的仙界土为基,五百年才长出一株,食之,可在未经修行时,便得五百年的仙身修为。

"这化仙果被我藏在无极崖底,下个月初雨那日,化仙果便将成熟,我也会放火烧山。你记得,在我烧山之前将化仙果取走。"

我迟疑道:"吃了化仙果,就能成仙吗?"

他回道:"自然如此,只是有一点,这株果子上有雄果与雌果。雄果剧毒无比,食之初期会有升仙之相,但慢慢就会毒杀仙气,灵力枯竭,使食者退化为普通凡人。而雌果食之,则能一飞冲天,获得仙身。

"姬衡,我仗义吧,这果子,我只留给你。"

[05]

距离下个月初雨化仙果成熟还有一段日子。

我留在蓬莱,度日如年,终日在白无极的控制下修行低阶法术,跟随在孟文煊左右,随时为其护法。

想起惨死的爹娘,无论如何,我也要忍耐到孟文煊死无葬身之地那日才行。

进入蓬莱的第二个月,我终于被批准与内门弟子一同修炼仙法。

因为我是无极殿里唯一一个没有仙缘仙根却意外成为白无极徒弟的凡人,所以我始终被其他弟子排挤攻击。

好在我身上有金猊狮的兽文咒护体,不论受了多重的伤,也只会是皮外伤。

因为不在意,他们起初并未发觉我的特殊体质,直到有一次我为孟文煊护法,他在练功完毕后,突然凝结出一团巨大的火球向我猛攻而来,威力足够令人灰飞烟灭。

那一刻孟文煊的眼神里尽是杀意,口中却惊呼:"师弟小心!"

我被这火球围住,烈火焚烧在我四周,周围不断有人惊呼:"姬衡会被烧死的!"

而孟文煊也虚情假意,装作焦急的样子道:"都怪我!没有控制好法术!这下可怎么办?"

我静坐在火球中,体内有兽文咒护体,念咒便有金光从身体里涌现而出,引风来,将火球吹灭了。

等我再起身时,孟文煊看着我的眼神都变了,他后退了一步,震惊道:"你怎么还能活着?"

他紧紧盯着我身上泛起的兽文咒金光,甚至有些结巴:"你……你这练的是什么功?怎么会出现佛光!"

佛光不佛光的我倒没有留意过,可这兽文咒威力之大,我还是初次见识到。

我没回答他,只是当着他的面重新将火球凝结成团,猛地向他打回去。

孟文煊没反应过来,当场被这火球攻击得倒地不起,等他施法熄灭火球后,人已口吐鲜血,浑身的衣裳也被火球烧得破破烂

烂。

他颤抖着指向周身泛着金光的我，张大嘴巴试图讲话，可很快就眼前一黑，昏厥了过去。

见他毫无还手能力，我很想现在就杀了他为我爹娘复仇。可转念一想，若孟文煊就这么死了，我爹娘的冤就无法诉清了。所以我姑且作罢了。

有人将我周身泛着金色佛光伤害同门之事告诉了白无极，我因此又被白无极处罚了。

他质问我身上的金色佛光从何而来，我并未隐瞒，只说是金猊狮的。

前段时间，金猊狮刚逃离无极崖，我身上就乍现金色佛光，白无极不免将金猊狮逃跑之事再次联想到我身上。

在内门弟子们个个义愤填膺，要求将我处死时，孟文煊又一次站出来保我，并提出要与我同修仙法。

白无极与孟文煊眼神交汇，心照不宣地允了这事。

大家更为不满了："师尊，姬衡一介凡人，能有幸进入蓬莱修仙已经是前世积福，然而他自从进入仙门后，闹出多少事不说，如今还重伤同门，您真的不管吗？"

"文煊师弟仁德，多次关照姬衡，可……"

我感到荒谬。

"多次关照？你是指你们回回用术法欺凌我，又几次三番辱骂我一介凡人敢来蓬莱修仙之事吗？

"还是孟文煊杀掉我爹娘，亦要告诉我，是我爹娘该杀之事？"

话说到此，大殿无人再言语，我一提及过去，孟文煊的脸色就变得极差，眼里都是恨意。

白无极冷脸拂袖："多嘴，姬衡之事告一段落，谁都不准再提起，往后，为师也不愿再处理这纠纷！"

孟文煊与白无极贼心不死，依然想要找机会除掉我，好让他的爱徒能毫无顾虑走上升仙大道。

在蓬莱，每一位修仙学子，在升仙之时，都会被神官检验过往。

若曾犯过杀戮重罪，便要经历百世轮回，再步入修仙之道。像孟文煊这种天选修仙之人，成仙之日就在眼前，怎能允许我坏他好事？如若因我爹娘之事前途尽毁，高贵如他，内心恐怕后悔都要后悔死了。

那团向我攻来的火球，便是他第一次想要杀掉我

往后，还会有第二次、第三次……

好在化仙果就要成熟了，而他孟文煊，势必要随着这株化仙果进入我布下的局。

在之后的日子里，孟文煊与我几乎朝夕相伴，每日相见。

他会督促我练功，白无极也会传授我修仙的密法，我因此在短期内灵力大增。

很快，无极殿里就传出了我将在孟文煊的推荐下成为白无极第二位内门弟子的谣言。

甚至因为孟文煊与我同吃同寝，形影不离，外头都在传我们重归于好，做了好兄弟。

可实际上，他只是在找机会除掉我。

自从他在我身上发现兽文咒护体，对我的戒备就多了几分，认为我跟金猊狮勾搭成奸，时常监视我私下的行动。

第二月初雨来临，我前往无极崖底，去寻找金猊狮留给我的化仙果。

孟文煊亦悄声跟随而来，却被挡在金猊狮的结界之外。

我在金猊狮的提示下，很快便寻到了那株珍稀的化仙果，只见雄果色泽如血，雌果则翠绿似有毒。我站在山野之中，将雌果囫囵吞下，带着雄果出山去。

果然孟文煊就站在不远处，冷声呵斥我不要动，并提剑指着我，问我手中所拿何物。

我觉得好笑，又觉得这是意料之中的事，于是承认道："这便是仙书上所记载的化仙之果，食之，即获仙身。"

孟文煊听后，捏紧了剑："给我。"

我嘴巴里还残留着雌果的香气，故作愤怒问他："这是我找到的，凭什么给你？"

孟文煊见我态度如此，更加重了内心的猜想。他速速走到我眼前，一语不发，挥剑砍来。

我顺势松手，雄果就落到了他的手里。

"那是我的！"我佯装慌张去抢夺。

孟文煊却使剑向我挥来，并招招致命，这一刻他终于不装了。

他满眼厌恶，但捏着果子，眼里又十分得意。

我虽有兽文咒护体，却依然被他砍得鲜血直流。在跌落溪水之后，我假意屈服，水遁而去。

而在余光里，我见到孟文煊生怕手中的化仙果出了什么岔子，端详了一会儿，便毫不犹豫将其吃进了肚子里。

孟文煊啊孟文煊，风水轮流转，我等着看你的仙气尽失。届时，你为凡人，我为仙，你会追悔莫及吗？

[06]

我刚回到无极殿，就被白无极叫入殿中。

眼前站着形销骨立的吴凌鹤，他曾被关入雪竹林受罚，不过一月的光景，就被折磨得遍体鳞伤，不成人样。

白无极目光沉沉地盯着我："外门弟子姬衡，你可知罪？"

我咧嘴笑了："欲加之罪，何患无辞？"

孟文煊第一个站出来，指责："你身上有兽文咒，以咒操控同门吴凌鹤为你偷盗无极崖封印的钥匙，放走妖兽金猊狮，还不知罪吗？"

我见孟文煊前脚还无耻地抢夺我手中的化仙果，后脚就又一脸清高地站在高位审判我，只觉得可笑至极。

同门师兄弟们个个"仗义执言"开始审判起我来："那金猊狮，在二十年前曾杀过一个可怜的瘸腿老人，老人家以耍猴戏为生，本就是风烛残年，却还要挨上金猊狮的爪子，最后不治身亡，你助纣为虐，与金猊狮为伍，有什么资格再入我蓬莱？"

耍猴戏的瘸腿老人？那不是当初将我拐走的死瘸子吗？

我不禁想起过去我和金猊狮的这么一段渊源，他记忆力超群，怪不得第一眼就认出了我。

当年为了救我，他杀了那老人，后来被蓬莱仙师缉拿，关在无极崖底二十年，竟也是因为我。

如今我长大成人，为爹娘报仇，阴差阳错来到蓬莱，也为报恩放走了他。

趁我愣怔，铁链已套上了我的脖颈与手足。

我被众人压着，白无极宣读了对我的判决："送入雪竹林，无召不得出，囚禁至死。"

面对这样的结果，众人无不拍手叫好。我回头意味深长地看了眼站在高处的孟文煊，他此刻也不装了，嘴角上扬，带着得意，带着对凡人的厌恶，可他丝毫没有注意到，他的嘴唇已经开始泛

着青色，那是中毒的预兆。

被关入雪竹林后，我胸口的兽图腾变得滚烫起来。我盘膝而坐，双手掐诀，闭目打坐，脑海中飘过一片金色文字，竟是修仙之书。

再次睁开眼睛，耳畔响起金猊狮玩世不恭的声音："此乃无极天书，唯蓬莱师尊可修习。小冤家，好好学，我等你报仇雪恨掌控蓬莱的那日。"

我还在疑惑他是怎么搞到这书的，金猊的声音就消失了。

被关在雪竹林，无人照拂我，更无人会来见我。

我苦修天书，修到第十日，便觉得体内浊气退散，灵气丰盈，神清气爽，闭目便可观望到千里之外。

在这段日子里，不断有仙气涌入雪竹林，被我的身体所吸收。而这仙气原本的主人，就是吃了毒果的孟文煊。

他因为中毒，仙气开始消散了。

在兽文咒的作用下，这些宝贵的仙气一一被我吸收，若他知晓自己苦苦修行二十几年的仙气都被从前他最看不上的凡人所吸收，怕是得恶心死。

想到这些，我内心实在痛快。

与此同时，我也观望到蓬莱无极殿内，孟文煊的情况正逐渐变坏。

在第三个月初时，他便有了升仙之兆，白无极大喜。之后孟文煊也将从我手中夺取仙果服之一事告诉了白无极。那时白无极与他都沉浸在升仙的喜悦中，并未觉得事情有异。

直到五日后，孟文煊的仙身忽然衰败。他虚弱不堪，日日吐血，这对恶师徒才察觉到不对劲。

等他们来到雪竹林，见到我身轻如燕，轻易便可飞身跃起百丈余高，猜到事情与我有关，表情惊讶又愤恨。

"你竟然修得了仙身？"孟文煊面容惨白，难以置信地看着我，一口银牙几乎咬碎，"你是怎么做到的？"

我浮在空中嘲讽道："孟师兄脸色好差，按孟师兄你勤奋练功的程度，不该如此啊！"

我装作无辜，继续挖苦他："且孟师兄有着天选的仙缘，乃武曲星转世啊，怎的脸色如此苍白，有衰败之相？"

孟文煊被我气得血气翻涌，捂住胸口，呕出了一口鲜血。

白无极死死盯着我，不动声色地催动禁术，黑色的灵气从他身体里冒出来，环绕在整个雪竹林四周。

我在无极天书上见到过此类禁术，这是夺舍之术。白无极是要将我这一具已成了仙的躯体抢夺走，给仙气溃散的孟文煊使用。

我凝结出巨大的灵气，抵御黑气的侵蚀。

就在我额头微微冒汗时，再度听见天上传来一道吊儿郎当的声音："白无极，你这当神仙的，也能修炼出黑色的魔气啊？"

白无极四处看去，只见云层上金光乍现，一只金色的巨大金猊狮脚踩祥云飞了下来。

他口喷火焰，生生烧毁了白无极打在我身上的夺舍咒法。

金猊狮与我并肩而站，化作人形，变成了个英俊潇洒的青年。他一拳挥过去，白无极躲闪不及，被打得口吐鲜血。

自从脱去无极崖封印的束缚，金猊狮便功力倍增，且他行迹一向低调神秘，无人知道他究竟是什么身份。

但身躯能泛着神界金光的灵兽，一定不会是下界妖兽。

白无极催动邪法，走火入魔，竟有一瞬间的不理智，要强行再度催动夺舍之术，准备将我的身躯抢过去，并命孟文煊速速去

189

搬救兵。

幸好金猊狮动作狠戾,尤其是在消失的这段日子里,像是得了什么功法,竟然在三招两式之间便制服了白无极。

就在此刻,我突然感到浑身滚烫无比,骨骼酸胀麻木,身体轻飘浮起,泛起了与金猊狮同样的金光。

被压制住的白无极愕然惊恐:"这……这是……升仙!他,他一介凡人,竟然升仙了!凭什么?凭什么!"

"你身为仙师,居心不正,崇尚虚名,不顾生灵!天道容不得你!"金猊狮审判着他,将他压制得不能动弹。

白无极死不悔改,临死还在嘲讽:"你一个低贱狮妖,也配与我说这些?我以人身修炼多年,前世乃天宫雷部武将,你一个畜生如何跟我比?!"

"畜生?"金猊狮催动额间金黄色的神印,"我乃妙德上神的坐骑金猊狮,来往人间历练二十余年。当年若不是我家主人封印了我的神力,老子早在那时就把你打飞了,还会让你把我关在无极崖下吗?如今我冲破了封印,难道还判不得你的罪过?

"你为一己私欲,毁坏蓬莱的名声,完全不顾凡人之情,且为了自己徒弟能荣耀蓬莱,修炼禁术,以邪法侵染蓬莱仙境,吾要带姬衡前往仙界,诉清你掌管蓬莱后所造的罪业!"

[07]

伴随着金猊狮的话语,金光洒满整座蓬莱山,引得弟子们纷纷赶赴雪竹林,却见到金猊狮正单手擒住了白无极,另一只手拽着我飞升上天去。

而白无极本人却还震惊在金猊狮竟然是妙德上神的坐骑一事，完全没料到这会儿居然上了天，他死期将至。

我看见地上的孟文煊，正费劲施法御剑飞行。

可惜他身体虚弱，仙气枯竭，掐诀念咒半天，地上的仙剑都纹丝不动，气得他要伸手去提剑。

仙剑有千斤重，失去了仙力的他提拽半天，剑依旧一动不动。

"这……文煊师弟，你失去了仙力？！"孟文煊身后的弟子惊愕开口，随即众人议论开来。

苍白憔悴的孟文煊被仙剑震得腰身一挺，紧接着一口鲜血就喷了出来。

我被金猊狮驮上了天，仍听到蓬莱山孟文煊撕心裂肺的嘶吼："该死的姬衡！是你给我下了毒！我一定要杀了你！"

九重天上，灵霄宝殿。金猊狮与我飞过南天门，直奔西方而去，越往前走，越是霞光万丈，仙气丰盈。

在一座气势恢宏的宫殿前，金猊狮停了下来。这里是天庭雷部，专司神仙犯错纠纷。

金猊狮身上神光乍现，只低吼一句，雷部的大门便打开了。

走出来的神仙身穿铠甲，面容敦肃："何人击门？"

重伤的白无极挣脱金猊狮的制衡，有些跟跄地站起身，怒气冲冲道："我是蓬莱仙山的白无极，这金猊狮曾闯下滔天大祸，在凡间杀害凡人，当年被我携弟子制服，禁足于山中。如今他却辱我蓬莱，欺凌我仙山学子，还望雷部重审！"

蓬莱享誉盛名，为天庭输送了不少修仙人才，白无极的面子自然是要给的。

此事很快发酵，引起仙界神君与佛界的关注，金猊狮的主人妙德上神也闻讯而来。

会审当日，我细细讲清楚前因。

幼年时，我被凡人拐卖，是下凡历练的金猊狮救了我，与我有了一场缘分。之后金猊狮也因救我被蓬莱缉拿，锁入仙山受罚。

二十年后，我爹娘被孟文煊所杀，我为报复来到仙山，却没想到这蓬莱早就不是世人仰望的蓬莱，而白无极，也并非慈悲为怀的掌门——

蓬莱的掌门，本是六十年一换的。而这一年，正是白无极做蓬莱掌门的第六十年。

只有三个月内让内门弟子孟文煊登仙，他才能有资格继续掌控蓬莱的下一个六十年。

为了让有天选修仙之人资质的孟文煊在他的调教之下，短期内飞速升仙，他卑鄙偏心，徇私枉法，甚至与他爱徒孟文煊想尽办法堵我的嘴，哪怕是杀了我也在所不惜。

听着我的诉说，神仙们皱眉不展。

白无极此前催动禁术被金猊狮打得重伤，现在却张牙舞爪，矢口否认曾经作的恶。

我继续道："诸位上神只需见见白无极的弟子孟文煊，查明其凡间过往，便可通晓前事。"

下凡的仙使将孟文煊带上九重天时，他已仙气枯竭，退化成了一个病弱的凡人，瘦削得可怜，就连白无极都大失所望，脱口而出："你怎么变成这样了？！"

此刻的孟文煊理智全无，见到我冲过来便大骂："是你！是你给我下了毒！那果子根本不是化仙之果！那是毒药！是你害了我！"

说罢，他又扑通一声跪在大殿上："各位上神，我被奸人坑害下毒，如今仙体消亡，无法修仙，请求各位严惩恶人！"

金猊狮却笑出声："哦？难不成还是姬衡害了你？我主人有一方前事镜，只要启动镜子，照看前事，谁对谁错，便将分明！"

"你说什么？"正"哐哐"磕头卖惨的孟文煊闻言后惊恐地看向金猊狮。

与此同时，妙德上神已将镜子交给了雷部大将。

镜中画面变幻，往日重现。

当年，孟文煊杀我爹娘，理由是我爹娘开的是黑店，他声称自己是为民除害。

那日，正是蜀国修仙学子们前往蓬莱参加仙试的日子。

蓬莱仙门每次招生，都会有头彩之说。凡是第一个步入蓬莱者，都会得上师亲自召见，并赠予仙器，助其在初次考核中取得胜利。

我爹娘所经营的客栈，是距离蓬莱山最近的客栈，孟文煊带着属下来住店时，客栈里早没了空房。

因为他身份尊贵，就要求我爹娘赶走所有客人，并拿出了五个拳头大的金锭子给我爹。

我爹为人耿直正义，拒绝了孟文煊的要求。

孟文煊当时没有强求，转身就走出门，坐回了轿子。过了一会儿，他的下属剑客们却举剑冲入客栈，将我爹砍伤，并大肆宣扬我家客栈是黑店，吓得住店客人纷纷离开。

竟无一人敢为我爹去报官。我爹被砍得浑身是血，爬出客栈逃生，结果孟文煊一脚将我爹踩在脚下，轻蔑地骂了一声："死贱民，拳头大的金子不要，只要拳头？活该一辈子当贱民！"

我娘冲过去阻拦他的恶行，却在他盛怒之下，被一剑刺死。

我疯了一般跑过去与他对打，可他挥剑便砍，我毫无还手之力,那一剑,是我爹替我挡了。

他临死前,还在求孟文煊放过我。

我爹娘当了一辈子的老实人,会给乞丐施饭,会帮助邻居,热情善良,却被他这恶人所杀。

而他,枉造杀孽不说,还厌恶地将宝剑上我爹娘的血迹蹭在我的脸颊上,直到宝剑擦干净为止。事后他含着优雅的微笑,从容不迫地步入客栈,并让内官们迅速清理客栈内的痕迹。

仿佛,什么都没发生过。

前事镜,做不得假,镜中重现了孟文煊是如何杀我爹娘又如何和白无极密谋施计让我魂飞魄散以及抢我化仙果的事。

看得神仙们震怒。

神君下旨,命雷部重判此案,务必公正严明,不可徇私。

孟文煊得知大势已去,跌坐在地上,嘴里仍恶狠狠地念着:"姬衡,姬衡,都是你的错……你的存在,就是错!"

[08]

白无极因修炼邪术、妄图永远把持蓬莱犯下大恶,被削掉仙身,囚禁于蓬莱雪竹林一百年,百年一过,便打回凡间为人。

孟文煊为人时,虚荣于"武曲星下凡"的上等仙缘,骄奢淫逸、傲慢暴戾,看不起凡人,更是犯下杀孽,如今仙身已无,凡间官司却未了。

神君命雷部速速将其送入凡间,了结尘事之案,并断绝其修仙之资格。

金猊狮也曾杀人,却是为了救人活命,既已在蓬莱被囚禁二十余载,从未作恶,便由其主人妙德上神带回教养修炼。

至于我，姬衡。

神君顿了顿："你虽并未真的杀人，但为爹娘复仇也曾起恶念，此为一错。"

我心沉了沉，道："修仙并非我本意，试问天下谁的儿子能看着杀父杀母的仇人耀武扬威而不复仇？便是重来一回，这条路，我也必然走得义无反顾。"

妙德上神笑道："这凡子幼年得了我金猊狮的照拂长大，此为一机缘，如今又与金猊狮生出许多事端，我不愿不理。既他与我的坐骑有此缘分，我倒想传他佛法。

"蓬莱，本就是仙佛普照的宝地。一百年后，若他能同修两道，那我便为这孩子讨个差事，就将蓬莱交由他如何？"

在众人震惊的目光中，神君已然开口："允。"

我与金猊狮眼神对视，他已经化为坐骑，驮着主人离去。

而我则被仙使引导，前往修习之地。

金猊狮被关起来五十年。

这五十年里，我先修遍了佛法，身上都修出了金光。在去修仙术前，我还想见金猊狮一面。

我跪在神殿上请求："上神，能否让我见见金猊狮？"

上神回道："勿要执着，缘分将近时，你们自会相遇。"

后五十年里，我练就了一副不悲不喜的神仙样子。

蓬莱，我一百年没回去了，恨已然恨不起来。

蓬莱一日，人间一年。孟文煊当初来到蓬莱三个月，人间已然过去九十年，我爹娘的冤案，也随风消散。

好在神君的惩罚不会消失。

仙者以前事镜作法，揭露了凡人孟文煊作恶杀人的全过程，但由于人间已更朝换代，他这蜀国太子的身份，早随着蜀国的灭亡而失去了。

是以仙者给他重造了一个凡人身份，等孟文煊被打入凡间时，凡间的官员早已开始缉拿他。

他四处躲避，沦为乞丐，却还是逃不过府衙的追捕。最终他被府衙重判，发配边疆为奴。

尽管他大喊大叫，说自己是太子，但凡间之人也只当他是疯子。

一百年已过，我在仙界与妙德上神的举荐下，前往了蓬莱。

此时的蓬莱不再混乱，学子们也不再闹事。

仙境宫殿美轮美奂，弟子们相亲相爱。

我御剑来到蓬莱那日，正是削掉仙骨的白无极被打入凡间的日子。

一百年不见，他眼中的仇恨依旧滚烫，甚至还想冲上来，可我早已不是当初那个任他欺辱的凡人姬衡了。

我飞在空中，他够不着，气得破口大骂，直到仙使们将他押下凡间。

一代仙师因包庇恶徒、贪恋权力屡屡犯下大错，最终什么都没得到，还失去了所有，这对于曾高高在上的白无极而言，就是最沉重的惩罚了。

"拜见姬衡师尊！师尊百年修行，辛苦了！"

我回到蓬莱，众白衣胜雪的修仙弟子皆谦卑向我行礼，金猊狮也化为人形，站在众人身后，凝视着我。

我们相视一笑。

这一夜，我与他在无极崖底畅聊。

"金猊狮，好久不见。"

"这么久不见，你变强了。这些年我也有好好修炼哦。"

我感叹道："是啊，回想当初，恍如隔世，蓬莱承载了我太多恨的记忆。可惜不能和你畅游这全新的蓬莱，你很快又要走了吧？"

他却愣道："谁说我要走？"

随后金猊狮咧嘴笑了："我求了主人，让我留在蓬莱守山，顺便充当仙门学子的试炼神兽，他同意了。"

崖里，风吹草动，青草香气与爽朗夜风充斥在我们周围。

金猊狮忽然问我："姬衡，以后这里有我们守护，将只会留下美好的记忆吧？"

我说当然，以后的记忆都会是美好而深刻的。

热衷"躺平"且"锦鲤附体"的话痨"龙傲天"
×
表面温润而背地逆天改命的"大魔头"

他们怎么说你,不重要,重要的是我知道你是什么样的人。

「龙傲天」认错师父后

"龙傲天"认错

师父后

文/九先生

自媒体作家,一个拥有奇妙脑洞的说书人。
出版作品《九块钱》《九先生的怪奇收藏馆》。微博@是九先生啊

01

好消息——宋无休穿书了,穿成了修仙世界里的"富二代"、"锦鲤附体"、走哪儿都是团宠的那种!

坏消息——宠他的都是发癫的反派。

宋无休:"……"

02

宋无休穿成了修仙小说《天剑》里面的"龙傲天"男主,还是顶着主角光环一路飞升的那种。

按照原剧情,与他同名的男主宋无休口含金钥匙,出生就"叠满buff",家里那叫一个人脉宽广、富得流油。

可惜,人一有钱就会闲得发慌,男主就是典型代表。

男主觉得人生没意义，十八岁那年抛下一切去拜师学艺，从此走上"美强惨""龙傲天"道路，最后为了天下大义和反派同归于尽。

按照书中描写的，决斗那日两人打得剑影无踪，烈火烧了三天三夜。

疼，一听就很疼。

穿来的宋无休想想都觉得发慌，甚至恨不得现在一头撞到墙上，只求死个痛快。

但这时，门被推开，一个小厮模样的人端着一盏热茶跑了进来。

"主子，您今天就要选择心仪的姑娘，然后准备娶亲成家了，阿焕好舍不得你啊，呜呜呜……"

宋无休的脑子宕机了一秒。

随即，撤回了那个想一头撞死的想法。

好消息——他穿的时机不早不晚，正好是男主选亲的这天，也就是一切的起点！

原著里面，男主十八岁生辰这天，富得流油的老爹找来了全京城的美女让他挑选，无论看中哪个，择日即可成婚。

但这男主脑子缺根筋，面对如云的美女毫不动心，反而开始思索人生的意义，随后一拍大腿抛下一切离家出走了。

也就是说，只要宋无休现在老老实实成亲，一切就都来得及！他能继续秉持"能坐不站、能躺不睡"的人生原则，好好做个享受生活，胸无大志的"富二代"！

小厮见他发愣，还以为他是不情愿，于是开口劝导："主子，其实成家也挺好的，我知道您心里不舒服，觉得这样的人生没意义，但也别太难过……"

"别吵，我在思索一个重要的问题。"宋无休道。

小厮小心翼翼问："人生的意义？"

宋无休一脸正经："穿哪身衣裳去见美女比较好？"

小厮："……"

"算了，就身上这身也蛮好的。"宋无休对着铜镜整理了一下仪容，然后转身推开屋子的大门。

就在他满怀希望想要看看这些如花似玉的美女时……门外的十八个大汉映入眼帘。

宋无休疑惑地摸了摸头。

什么情况？不是美女吗？为什么变成了手里拿着斧钺钩叉的壮汉们！

宋无休揉了揉眼睛。

没变化。

一定是他打开的方式不对。

宋无休连忙把门关上，又重新推开。

门外的大汉还是一个不少。

宋无休："……"

剧本拿错了吧，美女去哪里了？！

[03]

宋无休再次关上了门，脑子里万马奔腾。

他转身看向阿焕："好了，我现在开始思索人生的意义了。"

阿焕："……"

"怎么门外都是男人啊，一个个还都穿得那么华丽，过来干吗？喝茶？日子不合适吧。"宋无休坐回了椅子上，开始思考人生。

阿焕犹豫了一下回答："其实今日来的本该是女子的，但是出了点意外，因为京城里最近发生了些怪事。"

"说来听听。"宋无休随手抓了把瓜子准备听八卦。

"这事说来话长，好像是一夜之间，各门派的长老们都做了一个相同的梦，梦里说，现在他们所在的世界就是一个话本，而他们都是话本里的人物。这个话本是围绕某个主角来写的，只有主角才有'金手指'和人人都羡慕的气运……"

阿焕敲了敲脑袋回忆，又继续说："公子你就是那个传闻中的主角，听说靠近你就会拥有气运，不然就全部都会变成'炮灰'，所以这群门派长老一大早就堵门口了，要收你为徒。姑娘们见状都被吓跑了！"

宋无休："……"

得，配角全员醒悟是吧。

阿焕探头："主子，他们说得可玄乎了，说你就算经脉全断都能活下来，随手捡到的破烂都是稀世珍宝，就算攀谈个老人都能遇到世外高人！"

宋无休嘴角抽搐，这点套路算是被他们弄明白了。

阿焕眨了眨眼睛继续问："公子，应该不是真的吧？"

"当然不是。"宋无休心虚地说道，连忙拿起旁边的水喝了一口，"怎么可能哈哈，还随手捡到东西都是法宝，简直开玩笑。"

然而话音未落，房间后门便打开了，宋无休的爹宋有钱围着围裙拿着锅铲走了进来，开口就是："儿啊，爹放在桌子上的瓜子你没吃吧？那是西域圣僧送来的金瓜子，是能打通经脉的稀世珍宝！"

宋无休看了看满地的瓜子皮，沉默不语。

宋有钱皱眉："算了，吃就吃了吧，本来就打算给你的。对

了,那个水你没喝吧?那是东方大师给爹的保命水,喝了百毒不侵的。"

宋无休看了看空空如也的水杯,再次无语。

阿焕看得目瞪口呆,小声问道:"主子,怎么感觉他们说得有点对啊。"

宋无休无奈扶额,深深叹了口气。

穿越第一天,"龙傲天"的身份就彻底暴露了,怎么办才好,急,在线等!

又思索了半个时辰,宋无休总算抬起头,宣布了一个决定:"那就拜师吧,也算是条路。"

这是他深思熟虑的结果,既然已经暴露了,不如就找个门派好好安稳度日。

这个计划的关键点就在于,他是读者,知道每个门派师尊的命运,也就等于开了天眼!

宋无休记得,配角中有个小师尊,好像叫什么敬的,存在感极低。

但根据少得可怜的描述可以得知,这个人是个温润如玉、没啥大志的好人,而他的门派是个没什么名气、位于深山老林中的小门派,后面的剧情与这个门派都无关系。

宋无休就需要这样的地方,他的人生,一向热衷于"躺平"!

"找个叫什么敬的,就拜那个人为师,千万别找错了!"宋无休一拍大腿,觉得妥了。

阿焕点了点头,转身走到院子中,咳嗽两声自信满满地开口:"我们主子说了,只拜那个叫什么烬的人。"

这下,周围人都沉默了,愣了片刻,自动让出一条路来。

人群最后,站着个穿着白袍子、仙风道骨的男人。

他眉眼如画,一双桃花眸中带着与生俱来的王者之气,唯独手里捏着根黑色的鞭子,和气质不太相符。

周围的人议论纷纷:"宋公子疯了吧,拜他为师?"

"慕容烬嘛,魔族三公子啊,表面一身白衣、仙气飘飘,背地里杀人不眨眼的那个啊!"

"算了算了,人家自己的选择嘛。"

不少门派长老摇了摇头,转身离去。

待周围人全部散去,慕容烬眼神不善,挥动长袖走近一些,弯下腰看着阿焕问道:"你确定你们家公子选的是我?"

阿焕挺了挺胸脯:"对啊,你是叫阿烬吧。"

"是,在下慕容烬。"他勾唇。

宋无休千算万算,没算到一点——

他的小厮阿焕,是个前鼻音后鼻音不分的家伙。

阿敬,阿烬。

一字之差,差了千万里!

04

宋无休收拾好行李,匆匆忙忙准备出府。

现在这个时候还是快点跑为妙,如今所有反派都觉醒了,也清楚只有靠近自己才能获得气运,那他无疑是最危险的。

其实别的倒不怕,靠着主角光环还是能撑一撑的,但他唯独怕一个人——慕容烬。

那是整本小说里最骇人的反派,也就是最后和主角同归于尽的那个。

慕容烬生在魔窟,命数中带着霉运,在他出生的当晚,老魔

君和夫人都殒命了，他也因此掉入了深渊。

所有人都以为他死了，但没想到八年后，八岁的慕容烬浑身是伤回到了魔族，并且还多了一身本领。

他是天生的魔功奇才，就算在荒郊野岭也能自学成才，唯独就是运气差了点。

小说中给的解释是，老魔君生前背叛师门成立魔族作恶多端，而且老魔君前面生的两个孩子都是女娃娃，所以天道的报应落在了这个魔族三公子身上，他才会干啥啥不顺。

就算这样，慕容烬还是凭借一己之力带领整个魔族让人间大乱，甚至差点杀掉了正派第一宗师徐年，好在男主及时出手，阻止了慕容烬。

和这样的反派对抗，这男主谁爱当谁当去。

宋无休拎着自己的小包袱，走到了马车旁，美滋滋掀开帘子，然后甜甜地喊了一句："师父，徒儿来了！"

应声的是坐在轿中的一位仙风道骨的师尊，身穿白色长衫，腰间挂着一串檀木佛珠和一块晶莹剔透的美玉。

这人的五官生得极其俊俏，一双剑眉下是漆黑如墨的眸子，鼻梁高挺，嘴唇薄厚适中，侧面更是棱角分明。

宋无休愣了一下。

果然！他选对了！

这不光是个能保命的师父，还是个十足的大帅哥啊！一看就人畜无害的那种！

宋无休临上马车时，转身看向自己身后的小厮阿焕，感激地眨了眨眼。

阿焕心领神会，挺直胸脯拍了拍，一副"我办事你放心"的模样。

宋无休笑着收回视线，登上了马车。

阿焕也转身，跟着上了后面的车。

两辆车朝着京城外面驶去。

身后无数名门正派的长老站在原地，感慨万千。

"疯了啊，真是疯了，选谁不行？选他。"

"宋公子怎么还一脸兴奋啊，他不知道这个阎王看起来无害，实则……"

"散了吧，散了吧，人各有命……"

05

"师父，你身子骨看起来很弱啊，等徒儿回去给你杀个鸡补一补。"

"师父，我知道我们是小门小派，但我最喜欢这种居住山野的感觉了，你别有负担！"

"师父，我爹给了我两马车金子，今后我们不会过苦日子的。"

……

一路上，马车里就没安静一秒，宋无休唠唠叨叨，就差把十里八村的家长里短全部絮叨一遍了。

没办法，毕竟上辈子是个累死累活、不工作就没钱的"社畜"，这辈子好不容易拿了个"龙傲天""富二代"的身份，又拜了个与世无争的帅哥当师父，换谁不得得意个三天三夜？

他正托着腮沉浸在对未来的美好设想中时，马车忽然一阵颠簸，紧急停下。

"老贼，拿命来！"

车外传来一个汉子的声音，紧接着，马车四分五裂，刺眼的

阳光"唰"地一下照了进来，让宋无休睁不开眼。

他还没来得及反应，远处就飞来了一个蒙面人，狠狠朝着他的英俊师父来了一掌。

这一掌功力深厚，连带着一旁的宋无休都被波及，剧烈的疼痛传遍他的全身……

"师父！"宋无休万万没想到会有这等变故，握紧了自己怀里的剑。

那剑是临走的时候他从打铁的铁匠手里买来的，既然都要去修仙了，怎么也得在装备上和那些修仙人士靠拢一点。

"你……你们别过来啊，我这把可是尚方宝剑，知道吗？很厉害，很强的。"宋无休站起身，挡在受伤的慕容烬身前，还不忘回头小声告诉他，"师父你别害怕，徒儿保护你。"

随后他转头，看向远处。

面前大概站着十来个黑衣人，个个都蒙着面，只露出一双眼睛。

宋无休握着自己的廉价铁剑，心虚地咽了下口水，又转头道："师父，寡不敌众，你现在又被暗算受伤，咱们还是三十六计——走为上计！等下我数三二一，我们就跑。"

慕容烬："……"

他就不该指望这个废物。

这么想着，慕容烬眼底露出一丝阴狠的杀意，嘴角也扬起嗜血的笑容。

骨骼分明的手指摸向自己腰间的人骨鞭……

这时，站在他面前的宋无休又对那群黑衣人开口："你们，看剑！"

口号喊得很帅，但扔出去的铁剑"哐当"一声掉在了地上。

黑衣人一阵沉默。

下一秒，宋无休拉着身后的慕容烬就跑，嘴里喊着："快快快，跟着我跑！"

只是没想到，他们刚跑没两步，身后就传来一阵刀剑相撞的声音，伴随着此起彼伏的惨叫声。

宋无休转身，结果看到自己的那把铁剑竟然自己飞了起来，正在和黑衣人们周旋。

还有人在叫："真的是无神剑！流落民间的无神剑！"

黑衣人被打得乱成一团。

宋无休看得目瞪口呆。

旁边的马车上，小厮阿焕探出头来，惊讶地张大嘴巴："主子，这就是他们说的，'随便捡个破烂都是神器'？"

宋无休："……"

他怎么把"龙傲天"的这个属性给忘了，早知道刚刚就不落荒而逃了。

不一会儿那群黑衣人已经全部被无神剑给制服了，老老实实地跪在地上，一个个鼻青脸肿的。

他走近，说道："就说我的剑很厉害吧，还不信，说，为什么拦路？"

"我们是要杀了那个……"黑衣人首领满眼仇恨地抬头，刚想说出"大魔头慕容烬"六个字，就被一股无形的烟封住了嘴巴。

黑衣人看向宋无休的后面，刚好对视上慕容烬那双狠厉的眸子。

慕容烬站在树下，双臂自然交叉，唇角勾起，就像个看戏的。

宋无休见首领不再说话，沉思了会儿，恍然大悟："杀我的吧？哎，没办法，人不在江湖，江湖上却有很多我的传说，我懂。"

209

他甩了下头发，自信满满。

不用猜，这肯定是那种过来送经验的"炮灰"，这种剧情他实在太熟悉了。

黑衣人："……"

慕容烬："……"

06

将那群黑衣人放在马车上绑好，众人这才继续赶路。

不知道颠簸了多久，宋无休都快在马车上睡着了，一个声音轻轻传来："到了。"

"不好意思啊师父，我太困了。"宋无休打了个哈欠。

"无事。"慕容烬声音悦耳低沉，但无论说什么都毫无波澜。

宋无休挠了挠头，问道："我们到了是吧。"

他把手放在了马车帘子上，但犹豫着没有掀开，不停地做着心理建设。

据他所知，这个"什么敬"的门派是很穷的，门派中人或许住着很破的茅草屋，或许肉都吃不起，所以他得做好心理准备，不能发出什么奇怪的声音让师父难堪。

正想着，门外传来阿焕的声音。

"什么，这府邸也太……"

宋无休十分尴尬，他指的就是这种奇怪的声音！

"那个，师父你别介意啊，阿焕这个人真是没礼貌，我等下好好说他……"宋无休一边念念叨叨，一边掀开了马车的帘子，还不忘看着阿焕抱怨，"你能不能小声点！"

但下一秒，他直接愣住了——

在他们面前的，是一座金碧辉煌的宫殿，红墙黑瓦，瓦片上镶嵌着金边，巨大的朱砂红大门把手上镶嵌着熠熠生辉的宝石，一看就价格不菲，那门口还有两座金狮子……

宫殿门口，更是站着无数身着白衣服的弟子，他们在看到下车的宋无休后，齐声开口："恭迎师父、师弟回府！"

这阵仗，直接让宋无休的嘴巴张开半天都没合拢。

说好的穷酸门派呢！

说好的家徒四壁呢！

他转头，刚好看到慕容烬从马车上下来。

慕容烬一脸淡然，挑眉看着宋无休道："徒儿，宅子可还满意？不满意的话，旁边的山上还有几所。"

宋无休："……"

得，遇到真财主了。

"满意满意，师父的宅子我怎么可能不满意！"

宋无休说着，拉着旁边已经僵硬在原地、没见过世面的阿焕走入宅中。

慕容烬看着他的背影勾唇，也迈步走了进去。

07

是夜月明星稀，几只乌鸦落在魔族寝殿之上，一阵寒风吹来，又悉数飞走。

寝殿侧房，慕容烬穿着白色薄衫坐在天然浴池中央，淡白色的药浴池水浸润着他的身体，流畅的肌肉线条暴露在外。

他闭着眼睛，雕刻般的脸颊上带着雾气。

而站在药浴池旁边的，是一个独眼的男人，他身穿青色袍子，

手里拿着草药。

"少尊,今天您带回宋无休,还顺利吗?有没有受伤?"他开口询问。

"没有。"慕容烬闭着眼睛,"他很配合,很想跟着我回魔殿。"

"这有些不对啊,世人不都是很畏惧魔殿的吗?为何他……难不成这其中有什么猫腻?我还以为那个灵梦现世后,这小子会很抢手。"青云担忧地询问。

"是很抢手。"慕容烬睁开双眸,眼眸中映出旁边取暖用的火焰,"但这天下,还没有人敢和我抢东西。"

"是,少尊。灵梦泄露一事,是属下失职,属下甘愿领罚。"青云恭恭敬敬行礼谢罪。

数日前,青云夜观天象进行占卜,行他们蛊族的秘术"问天灵",好不容易才问出了让自家主子逆天改命的方法,但却因他功法不到家,只能以梦的方式呈现。

可万万没想到,这灵梦是会送到天下每个三阶功法之上的人的梦境中的,这才导致天机泄露,也给自家主子添了不少麻烦。

"功过相抵,找到破解我霉运的办法,也是大功。"慕容烬的声音平淡却带着一股威慑力,让人畏惧。

"是。属下还有一个担忧,一般这气运之子的身份都有些特殊,我怕他这次顺从是另有所谋……"

就在二人对话的时候,门外突然传来吵闹的声音。

"就让我进去嘛,我真的有万分重要的事情!你们少尊不就是洗个澡嘛,都是男人,有什么不能看的!哎呀,让我进去,当心我随手捡个石子变法宝砸你们!"

青云说到一半的话,被门外的宋无休彻底打断了。

下一秒,宋无休闯了进来。

他身上的白袍子满是泥污,袖口还被撕烂了,胸前的衣裳只剩下两条布条,撸起的袖子下是划伤的手臂,左右手上捏着好多草,脸上则带着傻笑。

慕容烬垂下眼眸轻舒一口气,随后挑眉对着青云问:"你觉得他这脑子能'另有所谋'?"

青云:"……"

宋无休走近,把一堆草药扔在地上,气喘吁吁开口:"师父,这是我给你找来的药……可以治疗你被拍那一掌所受的伤,我看你伤口那么黑,肯定是中毒了。"

慕容烬垂眼看向自己胸口的那个痕迹。

这种程度的伤,对于他来说无异于被蚂蚁咬了一口,就算有毒,也绝不会伤他分毫。

慕容烬看着他,眼睛微眯:"你还懂草药?"

宋无休蹲在旁边,一边挑选着草药,一边开口:"不懂啊,但是按照我的气运,用心挖来的肯定有什么救命神药吧,师父你放心,徒儿我挨个试药,万死不辞!"

反正他是"龙傲天",不仅死不了,说不定还能练成神功。

"不用那么麻烦。"慕容烬淡淡开口。

"不行!我为了师父必须万死不辞,师父千万不能有事!"

宋无休发现,自己真是当"社畜"当惯了,这些狗腿的话基本上都是下意识说出的。

慕容烬无奈,拿眼神示意他看向后面:"因为你后面有个顶级药师。"

宋无休:"……"

早说啊!

青云望着眼前这位自己亲自测算出来的气运之子,沉沉叹了

口气,然后从那一堆不知道是什么的杂草中指了一株紫色的:"被你蒙对了,那个紫色的花是专门解天门派的天门掌的。"

"我就说嘛。"

宋无休拿起花,然后撸起袖子,利索地把花在掌心碾碎,走向慕容烬那边,将药泥敷在了他的身上。

"师父啊,你这伤不疼吧?"

青云在旁边听着只觉得可笑,刚想说"这点伤少尊怎么可能觉得疼",结果话到嘴边却被堵住了。

慕容烬:"疼。"

青云愣了。

他们家少尊说疼?

当年他身上被钉入销魂钉,浑身都是鞭痕的时候,他都没喊一句疼,今日这挠痒痒的功法,他竟然说疼?

下一秒,慕容烬瞧着正在给自己敷药的宋无休,又道:"为师受了伤,需要有个人照顾,徒儿可愿意?"

青云彻底在风中凌乱了。

[08]

照顾自己师父这件事,宋无休是万分乐意的,他义无反顾接下了这桩差事,美滋滋回去收拾东西去了。

青云欲言又止,半天也没说出话来。

还是慕容烬先开口解答了他的疑惑:"你之前说蹭气运的法子是什么?"

"回少尊,是两个人靠得近,这样就可以蹭到气运。"青云说完这句话,猛然明白过来少尊这样做的目的。

只要装病,那个宋无休就会毫不怀疑地住在少尊的寝殿里,这样可不就能蹭到气运之子的运气了。

"属下明白了!"青云双手抱拳。

"下去吧。"

慕容烬看向远处窗外的明月,在水下的手慢慢握紧成拳头。

脑海里浮现出前世那血海连天、尸骨成堆的画面,还有万人所指、对他唾骂的场景……

只剩下半个月不到的时间,他必须要在这半个月内逆天改命,有了气运,才能有把握赢。

这一世,他要让那群老儿付出代价!

宋无休那边乐呵呵地回屋拿了换洗衣裳,然后哼着小曲儿来到师父的寝殿。

进去的时候,慕容烬已经躺在了床上,身着白色里衣,纵然闭着眼睛,仍不掩帅气。

宋无休打了个地铺,小心躺在了旁边,认真观察起了自己的师父。

他看小说的时候怎么就没注意到书里还有个这么好看的路人甲呢?而且还有钱!简直没有比待在他身边更好的出路了,还能彻底避开那个最大的魔头。

想着想着,宋无休安心闭上眼睛,睡觉的时候都是笑着的。

旁边的慕容烬感受着他的气息,从气息中依稀能够读到宋无休的想法。

从好奇到兴奋,最后是……杂七杂八的想法,然后这些想法戛然而止,最后满脑子都是叫花鸡。

慕容烬还从未见过一个人的心绪可以快速变化到这种程度,

索性睁开眼看向一侧的宋无休。

只见他闭着眼睛，显然已经睡去，白净的脸上挂着笑，嘴里还念叨着："叫花鸡，我的叫花鸡……"

慕容烬："……"

09

这些天，宋无休一直都是在自己师父的寝殿里休息的，有空还不忘帮他捶捶背、捏捏肩，时不时端茶送水。毕竟这里是他师父的地盘，要想在这里安度晚年，还得讨好他。

白天的时候，宋无休就悠闲很多了，没事打打猎、遛遛狗，隔三岔五还能捡点装备，什么万年灵芝、天机阁宝贝、烈火神丹都是伸手就来。

最夸张的一次，他在路边救了只鸟，结果三天后这鸟化为人形送来了一套话本报恩。这话本上画的不是别的，正是所有修仙者梦寐以求的《乌灵术》。

宋无休坐在屋子里，托腮看着满地的法宝和那本在世间被众人争抢的《乌灵术》，一阵沉默。

没想到做"龙傲天"竟是如此无聊，什么东西都送到手边，这还有什么意思。

他轻叹一口气，不经意间抬头看到了正在看书的慕容烬。

烛光照射在他的脸颊侧面，形成一层好看的金边，完美的侧颜在夜色中棱角分明。

就在这时，慕容烬轻轻咳嗽了一声。

"师父，外面冷，徒儿把窗户给你关好。"宋无休立刻起身将窗户关好，殷勤无比。

然后他又像想到了什么一样，转身从自己的床铺上抱来一大堆的东西放到桌子上，对着慕容烬道："师父，这些法宝全部送给你，放在我这里太浪费了，还是给你比较好。"

"法宝？"慕容烬修长的手指抚摸过那些东西。

修魔功之人，若有世间的奇珍异宝相助，确实功力会更容易提升，但世间人排斥魔族，因此总是防止魔族之人拿到法宝。

大部分的魔族人从小到大都不会拥有一件自己的法器，只能以魔气作为武器攻击，所以他们的修炼之路本就比正道要难，却还要被百般打压。

如若那群老家伙们知道宋无休把一堆珍宝级的法器放在他面前，怕不是会掐着人中一个接着一个晕倒过去。

想到这里，慕容烬不禁微笑。

只可惜他现如今已经是顶级修为，不需要这些了。

"师父，你笑起来可真好看，简直就是画中的人，如果这些东西能让你开心，我可以多去捡一点，捡多少都行。"宋无休有些愣神地看着他。

慕容烬抬头看向宋无休。

宋无休脸蛋白净，狭长的桃花眼弯起来的时候像极了一只单纯的灵狐，身子骨是如此单薄，还比自己矮上了一头。

就这样没有脑子的家伙，竟然是天选的气运之子。

也是，如若他不是气运之子，以这样的脑子恐怕是没办法活那么久的。

"师父，你说这里山清水秀，环境又好，是不是养老的好去处啊……哦你可能不懂养老是什么意思，大概就是老了不用干活，天天看星星看月亮……"宋无休喋喋不休地念叨着。

慕容烬没有回答他的话，而是低着头看手上的书。

217

"师父,你在看什么啊,是不是什么奇门功法之类的,你要是喜欢哪个告诉我,我去捡一捡,说不定……"

他的话被慕容烬打断:"我在找,什么药可以把人毒哑,好让我耳根子清净一会儿。"

宋无休立刻闭上了嘴巴。

就在这时,大殿外面突然传来一阵喧闹的声音,还有不少脚步声传来。

"师父,这次可不是我发出的声音,这次是外面的声音!"宋无休走到旁边,打开窗户向外望去。

只见原本漆黑的夜,现如今似乎是亮了一些,四周环绕着各种各样的气息,乌云散开,几个身影显现出来。

一个青衣少年、一个白胡子老头、一个穿着云衫长裙的姑娘,身后还跟着不少的小厮和手下。

宋无休愣了一下,问道:"师父,你这是和谁结仇了?外面这些人怎么看着不好惹的样子。"

话音未落,天上飘着的那个青衣少年猛然发现了探头的宋无休,开口:"就是他,气运之子!只要把他带回去,我妖族定能一统天下!"

旁边的少女不甘示弱:"谁说的!这男人我一定要带回鬼族!"

最右侧的老头冷哼一声,握着手中的琉璃球:"是吗?你们这两个娃娃还敢和我们灵族抢人!"

宋无休听着上面的对话,石化在了原地。

他没记错的话,这本书里面除了慕容烬那个最终 BOSS 以外,还有三个仅次于他的反派,分别是妖族的混世王世子、鬼族的摄魂少女以及灵族的天机算老者。

也就是……面前这三位。

而且看起来，这三个人都是冲着自己来的。

宋无休咽了下口水，动作缓慢地想要关上窗户，但还没关上，就听到"哗啦"一声，窗户直接碎成了粉末。

"完蛋，冲我来的。"

宋无休慌张地回眸，看向自己的师父。

这下完了，怎么别人穿越都是甜甜的团宠剧场，到他这儿团宠倒是真的，但宠他的全部都是杀人不眨眼的反派啊！

宋无休连忙走到慕容烬身边："师父，我们先躲一躲吧。"

慕容烬蹙眉看着外面的天空，指尖紧扣在掌心之中。

看来他还真是太久没出手了，这些家伙，找死都要组团？

"青云。"慕容烬开口。

青云应声从门外推门而入："属下在。"

慕容烬看向宋无休："把他带到藏书阁待着，那边安全，我去会会外面那几个。"

宋无休有些担心："师父，那几个很可怕的，他们可是……"

"无事，为师不动武，以理服人。"慕容烬看向他，语气温和。

"那就好。那师父你和他们好好说说，我真没那么神奇。"

被青云从屋子后门带走的时候，宋无休还在反复叮嘱。

转眼间房间里就剩下慕容烬一人，他原本柔和的脸色瞬间变得阴冷，周身的气息被调动起来，层层魔气环绕在身边，透着骇人的红。

一身的白袍子就这样飘起，随着他的步子而摆动。

慕容烬走到门外，看向来抢人的那几个不知好歹的人，冷声道："敢来魔殿抢人，我看几位是活腻了。"

他语速缓慢，却带着逼人的气势，有种与生俱来的王者之气。

天上飘着的青衣少年显然被他吓到，有些心虚，但很快又重拾勇气，挺直腰板道："你还知道这是魔殿？你抢走了气运之子，让他住在这里，到底是何居心！我知道你厉害，但那又怎么样，我们三个难不成还怕你一个？"

慕容烬冷哼一声："三个？再多废物聚在一起，也终究是废物。"

他转动手腕，周围瞬间狂风骤起，原本还晴朗的天空变得阴沉无比，地上的石子不断滚动，在红色的魔气中碎为粉末。

"找死，那就满足你们！"

刹那间，慕容烬双眸猩红，嘴角扬起不羁的笑。

……

藏书阁的暗室里，宋无休手捧叫花鸡，躺在实木座椅上边吃边问："青云，你说师父以理服人能行吗？他们不会欺负师父吧？"

青云沉默了一下，但脑海中浮现的是自家主子一动手指就翻山倒海的画面。

欺负？

再来一百个恐怕也不够少尊打的。

宋无休把鸡腿撕下来，放在嘴里嚼了两口，又问："师父如此柔弱，之前的伤都还没好，可千万别出差错了，要不我们去帮帮他？"

青云嘴角抽搐。

柔弱？他们家主子柔弱？这气运之子，好像脑子有些不好。

宋无休撕下一块鸡肉递给青云："不过我悄悄给你说件事，幸好这次来的只是鬼族啊妖族啊那些，要是来的是魔族的那个祖宗，就真的完蛋了，我们跑都跑不掉。"

青云愣了一下。

魔族的祖宗？这说的恐怕就是自家主子吧。

他刚想开口，就看到宋无休身后藏书阁的大门敞开一条缝，紧接着，一身白衣的慕容烬出现在门后。

下一秒，青云紧张地抿了抿唇，想要提醒宋无休不要再继续说下去，但显然来不及了。

宋无休："听说那个魔族的首领，内心阴暗，杀人不眨眼，一点道理都不讲的，混世魔王你知道吧？大概就是他那样，我也是为了躲他才来找师父的，你……"

"看来徒儿对这些很了解嘛。"

慕容烬的声音传来。

宋无休回眸，刚好看到他走进来，身后还跟着那几个原本挂在天上准备找事的人，不过此时的他们明显没有了刚才猖狂的架势，看起来老实了很多。

"师父，他们被你说服了？"宋无休看到那三个人，悬着的心总算是安稳了几分。

后面的几个人连连点头，但谁也不敢说实话。

哪里是被说服，分明就是被打服的！

慕容烬再度开口："你对魔族的魔尊很熟悉？"

"倒也不是，听说而已，都没见过呢，人人都说那是个魔头嘛。"宋无休说着，咬了一口手中的鸡。

殊不知他说完这些话之后，在场的每个人背后都冒起了冷汗。

慕容烬在外的名声确实不好，不少人在背后说他坏话，但谁都不敢惹这个家伙。

敢明目张胆在他面前喊上一声"魔头"的，宋无休恐怕是第一个。

"挺好的,今晚你早点回寝殿。"慕容烬开口,一挥衣袖离去。

"好的师父!我带着叫花鸡去!"宋无休乐呵呵地开口,全然没注意到慕容烬难看的脸色,还有眸子里的一层霜气。

旁边的几个人一脸同情地看着他。

10

次日傍晚,细密的小雨落在地上,宋无休在小亭子前看着落下的雨珠,神情惬意。

这才是小说中男主该过的日子嘛,悠闲自在,哪里有那么多抱负追求去为难自己?

就在他收拾东西准备离开的时候,一众身影闯入他的视线里。

几个侍卫押送着昨天前来闹事的那三个人,青云则走在一侧。

"青云!他们不是被说服了吗,那就是客人,怎么还把客人给押着?"宋无休用手遮着雨走近了些。

青云一时间语塞。

他总不能说"这几个哪里是被说服的,分明就是被打趴在地上才愿意求饶的"吧,现在之所以把他们押着送回去,是为了给妖、鬼、灵三族示威。

还没等青云开口,妖族世子就抢先道:"宋公子,现如今魔头不在,我许诺你,如若跟我回去,金银财宝随便你选!"

鬼族的少女也不甘示弱:"如若你跟着我回鬼族,别说金山银山,就算你想一顿吃一个魂魄都没问题!"

老者也开口:"你现在跟在这魔头身边,他的气运都变好了,所以他才会越来越强大,如若你跟着我们回去,他又会变回那个倒霉的魔尊,到时候我们三族一定能在玄山大会上把他打败!"

青云意识到不好,连忙想要禁言这几个人,但奈何他的功力不够。

"别乱说话,当心你们的小命!"青云厉声道。

"你一个魔尊的狗腿子有什么好猖狂的?不就是个占星师吗!等你们主子败了,你这种人给我们提鞋都不配!别以为我不知道你们家魔尊今晚不在魔殿吧,这里没有他的气息!"妖族世子冷哼一声,一挥手,下一秒,周围的几个侍卫都倒在了地上。

紧接着,一道妖气缠住了青云的脚踝,让他动弹不得。

宋无休听得云里雾里的。

等等,什么魔族!

这里不是慕容敬的青云山吗?不是一个与世无争的小门派吗?怎么又扯上魔族了?!

妖族世子见状,连忙将一切全盘托出:"气运之子,你恐怕还不知道吧?你师父就是那个人人喊打的魔族三公子慕容烬,他之所以费尽心思装作好人把你骗过来,就是想要蹭你的气运,平息他三个月后的天雷之劫。只有这样,他才能赢得玄山大会的胜利,占领整个天下!"

"什么?"宋无休愣住。

师父……就是那个毁天灭地的大BOSS?

那,他刚刚对着最大的反派,骂反派是个大魔头?

……

|11|

宋无休从那三个人的口中得知了许多事,结合之前看小说得到的信息,总算弄清楚了情况。

魔族，一个逆天而行的族群。

在魔族出现之前，其他族的人如若想要拥有功法，都得潜心修炼、积攒善缘、苦心渡人，或者像妖族那样修炼几百年化为人形，但自从魔族出现以后，一切都变了。

老魔尊，也就是慕容烬的父亲慕容峰创立了魔族，并发明了一种磨炼心智的功法，能够让一个普通人在短短一年内脱胎换骨，拥有魔功。

这也就意味着，任何人都可以成魔，不再需要苦心修炼。

但这样下去，天下会大乱。

所以，多年前数门派一起合力绞杀魔族，总算在一个特殊的日子灭掉了当时的魔君。

所谓特殊的日子就是每个魔族人都会经历一次的天雷劫，这也是魔功的副作用。而天雷又分为阴阳二雷，碰到哪个全凭气运，遇到阳雷，生死可能各半，但若遇到阴雷，就必死无疑。

老魔君遇到的，就是阴雷。

随后，其他族的人乘虚而入，将其彻底消灭。

但没想到，魔族当时中还是婴儿的三公子，被老魔君的手下扔到了深渊里，因此躲过一劫。这婴儿，就是数年后归来的慕容烬。

一个比他爹还要恐怖万分的魔头。

他不信命，不服输，招集了很多人入魔，并重新成立了魔族。

不光如此，当年慕容峰费尽千辛万苦功法才达到五阶，慕容烬刚刚八岁就到达顶峰的九阶，谁也不知道他是如何做到的。

众人对他心生畏惧，不敢招惹。

人人都在等着天雷降到他头上的那一天，等着慕容烬和他老爹一样灰飞烟灭，等着魔族彻底消失在这个世界上。

传闻中，慕容烬虽然功法强大，但气运极差，是那种走着路都会遇到莫名其妙的坎坷的倒霉蛋，甚至有人夸张地说他喝凉水都会塞牙。

如若不是他能力过强，恐怕早就死于非命了。

因此大家都笃定，他一定会遇到阴雷，只是没想到，气运之子出现了，还拜他为师了。

"所以，师父是在利用我？"宋无休愣神了。

与此同时，原本绵密的小雨猛然变成了倾盆大雨，直直浇在了他的肩膀上。

冰冷刺骨。

宋无休转身，若有所思地朝着远处走去。

旁边的妖族世子得意地勾起唇角："现在，你们家魔尊好像失去这个傻小子的信任了。"

青云握紧了拳头："放肆！当心魔尊回来要了你的狗命！"

"是吗？没记错的话，今天他应该是去山上养精蓄锐了吧？因为明日就是天雷劫到来的日子！"妖族世子越发猖狂，用手捏着青云的脖颈，将他整个人拎起来，"猜猜看，没有了那个气运之子，你们魔尊还能不能活？倒不如想想你明天该改做哪一族的狗！"

"你！"

妖族世子没有理会青云，而是对着宋无休的背影开口："气运之子，日后来我妖族随时欢迎，金山银山都是你的！"

|12|

灵云山峰，寂寥的山洞之中，慕容烬一身玄色长袍坐在最深处的水潭中央，周围环绕着红色的魔气。他拧眉，俊美的脸庞上

渗出一两颗汗珠，最终滴落在水潭之中。

不知过了多久，他睁开眼睛，看向安静的四周。

视线落在一侧的石板上，上面用石子刻了不少横条，每一道都格外深。

"一、二、三……"慕容烬静静数着上面的横条。

直到数字停在"九"。

他喃喃道："已经是第九世了，前八次全部都是阴雷，我不信这是天意，也不信这是命，徐年，我一家的命，你必须偿！"

慕容烬思绪翻涌，周围的山洞都跟着颤抖起来，他的气息飞遍整个空间，最终又落回掌心。

他重活了九世，也将功法修炼到了顶级，可前几世无论如何都过不了天雷劫，过不了，也就意味着没办法在对付徐年的时候调动所有气息。

慕容烬本以为一定会有一世遇到阳雷，可偏偏一次都没有！

所以，这一世他才会找到青云，让他测算破解命数的方法，最终得到了宋无休这个名字。

他记得这个名字，前几世，都是他亲手杀了自己。

他也记得这人的身份，徐年交给好友抚养长大的私生子，整个天下的大恩人，杀魔的英雄……

只是没想到，这人竟然傻里傻气的。

想到宋无休，慕容烬不由得勾唇笑了一下，连他自己都不知道这笑容从何而来。

忽然，青云的声音从洞口传来："魔尊！气运之子知道了一切，他……"

慕容烬猛然蹙眉，一挥衣袖化为一抹烟雾飞出山洞，然后恢复原身站在青云的面前。

"说，他怎么了！"

"宋无休从妖族世子那里知道了一切，好像……逃走了。"青云紧张万分，握紧了拳头。

慕容烬闻言，双眸微微眯起，喉结滚动。

是啊，有谁知道他魔族的身份会不害怕的？那个傻子，自然也不会例外。

"走吧，回魔殿，不想留的，本尊不会留。"慕容烬轻笑，眼神中却满是悲凉。

魔族之人，就注定这辈子都孤身一人吗？

也好，他早就孤独惯了。

就像前面八世一样，明日的天雷劫，他自己面对就是了。

青云本想跟着离开，但垂眸之际，刚好看到了山洞门口放着的几只野鸡，它们一动不动的，似乎是被魔功给固定住了。

这……是魔尊给宋无休准备的？

但转身，只看到魔尊的背影。

13

慕容烬和青云回到魔殿的时候，里面安安静静，没有任何声音。

不少魔族的侍卫已经悄悄离开，因为他们料定魔尊会因为天雷劫而死，到时候魔族就会像几十年前一样分崩离析，成为三界人人喊打的对象。

与其等着这件事发生，倒不如早做打算。

慕容烬站在清冷的魔殿，冷哼一声，漆黑的眸子望向天空："青云，如若能让本尊和徐年打上一架，本尊绝不会输。"

他修长的手指紧扣在掌心。

这句话，同样是他父亲当年刻在石头上的。

"如若让魔族堂堂正正和所谓的正派打上一架，我们也不会输。只可惜，从来没有这样的机会。"

这个世界，仿佛有一种魔咒：魔族之人，就该死。

他不信命，从来不信。

就在慕容烬准备走出魔殿的时候，随着"轰隆"一声响，后院的一间屋子突然炸了。

"魔尊！小心！"青云还以为是有人暗算，连忙挡在前面。

没承想，从冒着滚滚浓烟的房子里走出的，不是别族的趁火打劫之辈，而是……灰头土脸的宋无休！

他脸上满是炉灰，身上的衣服也碎了些，露出一截白皙的手臂，左手拎着一只烤煳的鸡，右手还端着个盘子。

盘子里疑似是菜的东西，看起来黏黏糊糊的。

"师父，你们这厨房真的一点不好用，我就想吃个鸡都这么难，对了，我还给你熬了一碗粥，就是卖相有点难看，不过我相信师父是不会介意的吧。"

慕容烬一向沉稳冷静的脸上出现了一丝波澜。

青云也愣了，问："你不是离开了？"

"是啊，但只是去办点事情就回了。"宋无休把那几盘菜放在石桌子上。

青云挠了一下头："可你不是说，魔尊竟然利用你……"

这句话，难道不是在伤心欲绝的情况下才会说出来的吗？

宋无休却耸了耸肩："师父竟然利用我！这说明师父离不开我啊！这语气听不出来？"

青云："……"

慕容烬走近了些，看着宋无休问道："所以，你不怪本尊。"

"不怪啊，我刚开始确实很害怕慕容烬，但我知道慕容烬是你之后，就不会怕了。师父，他们怎么说你不重要，重要的是我知道你是什么样的人。慕容烬，你以为你半夜给我偷偷盖了被子的事，我不知道？"宋无休站在阳光下，光亮洒在他的鼻尖，衬得他的笑脸格外明媚。

慕容烬比他高上一头，二人就这样站在满是浓烟的院子中央。

这还是第一次，有人在知道他的身份后仍然露出这样的笑脸。

魔族的身份让所有人都对他避而远之。原本，他确实是抱着蹭气运的目的接近宋无休的，只是后来，他发现，做个正派闲散师尊原来如此快乐，自己的徒儿不会排斥自己，也不会敬而远之。

他时常想，如果自己生来就是正派，那宋无休就可以安心地留下，他也不用被其他派别针对。

只是，慕容烬从未想过，宋无休在知道了一切之后，依旧会选择留在这里。

无论这里是闲散门派还是魔族魔殿，无论他是所谓的正道师尊还是魔尊。

慕容烬看向他，问道："那你刚刚是去做什么了？"

宋无休心虚地笑了一下："去……买只鸡嘛，这不是想吃叫花鸡了嘛。"对视上慕容烬的眼神后，他还是沉默了下，又道，"好了，我是去了解一些事情，结果还真和我的猜想一样，不过这件事我得和你慢慢解释……"

|14|

清晨，太阳挂上树梢，魔殿的烟雾散去了一些。

慕容烬坐在石桌旁，手指有节奏地敲打着桌面，静静听着宋无休讲述他了解到的事情。

他说，青云前段时间的占卜是正确的，这里就是话本的世界，而且以慕容烬为首的人就是书中的反派，按照原本的结局，反派只会被刺死，成为塑造主角的工具。

但很显然，这本书当中的一些反派拥有了自主的意识，他们不想再沦为工具，慕容烬就是其中一个。

按照这样的逻辑，逆天改命是很容易的，因为这个世界也遵循事在人为的道理，可偏偏一切都不对劲。

无论慕容烬怎么努力都不能改变结局，就好像有人在控制这一切一样。

那这人，究竟是谁？

"确实如此。"慕容烬听完，垂眼看向斑驳的树影，"我仿佛被困在这二十年，反反复复经历了八次，但最后都逃不脱天雷劫。这一世已经是第九世了。"

"你重生了九次？"宋无休蹙眉，这是他没想到的。

"是，九次，但此前一次都没有和徐年交手过，但凡有一次机会，我就会打破世间的观念，告诉天下人，不是苦修得来的功法才能当天下第一，我们魔族的心法不是歪门邪道，而是能让更多人迈入修真界的方法。"慕容烬的眼底燃烧起杀意。

徐年那个混蛋，称自己为第一宗师，称这世间唯有苦修才能拥有功法，又把魔族的心法归于邪术，不给他们一个自证的法子。

宋无休听着他的话，嘴里喃喃："第一宗师，徐年……"

小说里，徐年是个不起眼的人物，只在结局中出现过——在主角把反派灭掉以后，徐年总算承认主角是他流落在外的孩子，并将宗师的位置让给了主角。

就在宋无休思索的时候，周围忽然乌云密布，原本晴朗的天气彻底消失，取而代之的是风雨雷电，巨大的雷鸣响彻整个魔殿。

宋无休慌张地站起身，看向慕容烬。

他整个人坐在风雨之中，身边都是被风卷起的枯黄落叶，他着一身玄袍静静不动，任由雨水打在鬓角的黑发。

那一刻，时间仿佛静止。

宋无休的脑海里掠过无数小说中的描写，慕容烬阴狠毒辣、修炼魔功、扰乱世界，但那全部都是小说中的他。现在站在自己面前的，是真真正正有血有肉的慕容烬，他有意识，却一次又一次地跌倒在设定好的故事线中。

天命，当真不可违吗？

这时，阴暗的天空中猛然响起一个男子的声音："慕容烬，你闹够了吗！"

宋无休抬眸，只见天上不知何时已经聚集了不少人，全都是名门正派。开口说话的那个站在最中间的位置，光透过乌云照在他的身后，让其整个人都仿佛镶嵌了金边。

仙风道袍，一脸正气。

"徐年，好久不见。"慕容烬缓缓起身，看向天上的故人。

他与徐年已见过多次了，只是每次，他都因天雷劫而死。

与此同时，宋无休也在看着天上的那位。

徐年缓缓开口："正道，就是正义，这是亘古不变的真理，慕容烬，再见你几次，我都会灭了你。"

他又看向宋无休："无休，你不该和他一起胡闹，你是我们正道的孩子！"

徐年说话的时候，眼神中带着怒气，仿佛宋无休犯了什么天大的罪一样。

宋无休站在原地:"我本就不是你们世界的人,是书外的人,更不是什么正道的孩子。正道,是你自己定义的罢了。"

"胡说!什么书外的人!又是这种话!当年老魔君也说这种话,现在你也是如此!我告诉你,正道就是正道,魔族就是魔族!正道统治天下,魔族走向灭亡,这是不会变的!"

徐年瞪大了眼睛,乌云瞬间窜动,寒风呼啸着刮起。

宋无休蹙眉。

老魔君?书外的人?

他恍然大悟。

如若这样,一切都说得通了。

原本的书中,魔族确实是反派,做尽恶事。但却有个穿书者扰乱了一切,这个人,就是老魔君身体里的那个灵魂。

他改变了魔族,也改变了魔族心法,他以为,这样就能改变命运。

但没想到,徐年,这个也拥有自主意识的疯子,固执于反派就该走向灭亡的设定,就算魔族心法已经不再是邪术,他也必须让其变成邪术!

徐年拼命维护一切,因为只有这样,他才永远都是正道的宗师。

他本以为灭掉老魔君就可以了,没想到慕容烬更加难缠,他不甘心承受骂名,不甘心为主角做陪衬,他要的,是一个公平!

宋无休又看向徐年身旁站着的那个身影,那人五大三粗的,明明是男人却扎着辫子。

宋无休对这个形象记忆深刻,没记错的话,他就是书中的巫术鼻祖陈冠,是能够设下诅咒的巫师。

看来徐年也知道自己打不过魔族，于是用了诡计。

只要让陈冠诅咒慕容烬和老魔君，让他们气运降到最低值，这样他们永远都不会躲过天雷劫了。徐年也就能向世间证明魔族注定灭亡，唯有正道才是真理！

真是阴险。

与此同时，慕容烬翻转手腕，腾空而起，他眼神中满是杀气："徐年，别为难宋无休，你的对手是本尊，本尊从不信命！"

天空闪烁着诡异的紫色，一切都变得阴森可怕起来。

宋无休站在原地，本想上去站在慕容烬的身边，但最终没有动。

青云在一侧万分着急，开口道："宋公子，你快去魔尊旁边，或许这样他能躲过阴雷！"

"不，这样没有用的。"宋无休抬头看着慕容烬。

他一个人飘在风雨中，对面是正道的千军万马。

宋无休低垂眼眸喃喃："就算是'龙傲天'，也不能单凭气运改变一切吧。"

"那魔尊，就注定要被世人唾骂，走向死亡吗？"青云也攥紧拳头。

"我不会让这种事情发生。"宋无休抬眸看着慕容烬，随后看向自己手中的那把无神剑。

脚踩在剑上腾空而起，宋无休来到慕容烬的身边，天空依旧电闪雷鸣。

"宋无休，等下你站在本尊身边就好，无论是阴雷还是阳雷，本尊都会自己承受。"慕容烬看向宋无休。

但他话还没说完，宋无休就猛然握着他的手，将无神剑塞到他手上。

下一秒，宋无休自己狠狠撞在了剑上。

这一瞬，周围全部安静了，紧接着，是徐年的吼声："宋无休你疯了！你是我们正道的希望，天生的练功奇才，怎么可能被一个魔头杀死！这不对！"

慕容烬愣在原地，眼看着宋无休在自己面前吐血，身子逐渐瘫软，眼角却还带着笑。

"宋无休，你干什么？"慕容烬将他扶起，一向淡定的眸子里出现了慌乱。

宋无休嘴角带血，笑了一下："慕容烬，这个世界的'龙傲天'被反派杀死了，一切设定就都会崩塌。不要信命，信你自己，我会在另外一个世界看着你，永远看着……"

他话说完，便失去了气息。

宋无休闭上眼睛的那一瞬间，天空中的乌云猛地散开，暴雨骤停。

徐年彻底慌了："天……天雷劫呢？"

慕容烬抬起眼睛，漆黑的眸子里散发着刺骨的寒意，他一只手揽着宋无休的尸体，另一只手指尖弯曲，红色的魔气缠绕整个魔殿。

"徐年，你让我失去了我最珍惜的徒儿，今天，我们新账旧账一起算！本尊要让这世间知道，我们魔族修的不是邪功，老魔君从未作恶，你们所谓的正道，就是个笑话！"

他话音刚落，周围山崩地裂。

黑色的身影飘在空中，气息连接天地……

15

宋无休醒来的时候，正趴在桌子上，而笔记本电脑的屏幕上，正是那本小说《天剑》。

他的眼角还湿润着，刚刚发生的一切涌入脑海中。

"这绝不是梦……"

宋无休说着，手颤抖着点开小说。

但却只看到了一堆乱码，还有很多评论——

"这书怎么突然乱码？"

"就是啊，什么都看不到了，我最喜欢的一本修仙小说啊。"

"刚刚看到反派和徐年决斗，突然就乱码了！"

宋无休含泪扬起嘴角。

小说乱码了，这就说明他赌对了，慕容烬再也不用被命运左右了，所谓正派反派都是无稽之谈。

他就是他，慕容烬。

老魔君没能做到的，他做到了。

那个世界，真正活了。

宋无休含泪看着那些乱码，他在其中好像看到了魔殿的壮大，看到了慕容烬将魔族的心法发扬光大，还看到了，再也没有人称魔族为反派……

宋无休把这段乱码看到了最后，忽然，页面上浮现出文字，一个个字重新排列，直到一句话出现在故事的最后。

"宋无休，本尊很好，你也要好好的……"

《龙傲天认错师父后》·终

图书在版编目（CIP）数据

命定之选 / 顾郸主编. —— 武汉：长江出版社，2024.8. -- ISBN 978-7-5492-9560-9

Ⅰ. C52

中国国家版本馆CIP数据核字第2024BS6839号

本书由天津漫娱图书有限公司正式授权长江出版社，在中国大陆地区独家出版中文简体版本。未经书面同意，不得以任何形式转载和使用。

命定之选 / 顾郸主编.
MINGDINGZHIXUAN

出　　版	长江出版社			
	（武汉市解放大道1863号　邮政编码：430010）			
选题策划	漫娱图书　巴旖			
市场发行	长江出版社发行部			
网　　址	http://www.cjpress.cn			
责任编辑	李诗琦			
特约编辑	许斐然			
总 策 划	重塑工作室	开　　本	889mm×1230mm　1 / 32
装帧设计	许颖	印　　张	7.25
印　　刷	武汉鸿印社科技有限公司	字　　数	172千字
版　　次	2024年8月第1版	书　　号	ISBN 978-7-5492-9560-9
印　　次	2024年8月第1次印刷	定　　价	39.80元

版权所有，翻版必究。如有质量问题，请联系本社退换。
电话：027-82926557(总编室)　027-82926806（市场营销部）